集英社オレンジ文庫

ナヅルとハルヒヤ

花は煙る、鳥は鳴かない

乃村波緒

もくじ

ナヅルとハルヒヤ

花は煙る、鳥は鳴かない

「先生」

「はい」

「その花を、そのように咥《くわ》えてはなりません。毒です」

「知っていますよ」

「下手を打てば死にます」

「でもわたしはこうしていたい」

「なぜ？」

「医者に煙草《たばこ》を取り上げられました。これ以上命を縮めてどうすると。でも駄目ですね、さすが、医療処《いりょうどころ》なだけあって、空気が綺麗《きれい》すぎる」

「先生」

「毒がなければ、わたしは生きていけないのです」

「僕にはわかりません」

「ならきみはまだ大丈夫だ」

「……先生」

「はい」

「僕にも、いただけませんか？」

先生が薄く笑って、唇から花をつまみ、こちらに差し出す。

ゆるく唇を開いた。目を伏せて、顔を寄せていく。はくりと閉じた口は、けれど、空を食《は》んだだけだった。

目を開ける。先生が笑っている。空は青い。鳥の声がする。花の匂いがする。なぜだか涙が出そうになった。先生が言う。


「きみにはまだ早い」


先生。

わかっています。貴方《あなた》もきっと、わかっているでしょう。

確かにまだ早いのかもしれない。

けれど僕はきっと、いつか貴方になる。

一章

ハルヒヤはふと息を止めた。

生まれ育ったこのマキヨノ領苑《りょうえん》で、衛兵となってから二年が過ぎた。月ごとに変わる持ち場にも慣れ、刺激はあれど乱れはない、平穏な暮らしが回っていた。今日もつとめを終えて、夕暮れの中、物売りの声と子供の歓声の間を縫《ぬ》う、いつもの家路のはずだった。

それなのに――今感じた、怖気《おぞけ》にも似た背筋の震えは何だろう。

ハルヒヤは振り返る。土埃《つちぼこり》をあげる路《みち》、その両脇にずらりと並ぶ茶屋や商家、地べたに草編《あ》みの敷物を広げて細々と雑貨を並べた物売りたち。つとめ帰りの男や買い物帰りの女、その隙間《すきま》を駆け回る子供たち。見慣れた光景に、ひとつ異物が混ざり込んでいた。

それは男の後ろ姿だった。日除けの笠《かさ》を被《かぶ》り、その縁からふくらはぎまで、ぐるりと極薄の衣を垂らして全身を覆《おお》っている。背中をすっかり隠すほどの、抽斗《ひきだし》付きの木箱を背負って、足下は足首まで頑丈に編み上げられた旅用の履物《はきもの》だった。履物と着物の裾《すそ》はかなり土で汚れていて、長旅を経《へ》てきたのだとわかる。その男も、ふと、何かに気づいたかのように足を止めた。

男が笠を上にずらしながら、こちらを振り返る。笠の薄衣が、そのゆるやかな動きの軌《き》跡《せき》を残す。

目が合った瞬間、ハルヒヤは無意識のうちに、その男の名前を呼んでいた。

「……ナヅル？」

その名を口にしたのは十年ぶりだった。
二、三歩、男へと近づく。男は右手でするりと笠を脱ぎ落とし、瞬《まばた》きをしてから、確かめるように呟《つぶや》いた。
「ハルヒヤ？」

ハルヒヤはじっとその顔を見つめた。

毛先がばらばらと風に遊ばれている短髪は、日に晒《さら》されて少し色が抜けている。少年の頃とは随分《ずいぶん》印象が違うが、その目鼻立ちは変わらない。

「ナヅル、なのか」

ハルヒヤは未《いま》だ信じられない気持ちで、ナヅルに歩み寄った。ナヅルも一歩、こちらへと踏み出す。

「久しぶりだな、ハルヒヤ。着いたその日に会えるなんて、運がいい。探す手間が省けた」

ナヅルが笑う。笠を持ち替え、空《あ》いた手で脇の茶屋を指さした。

「時間はあるか？　少し話そう」


店の中の、壁際に据えられた卓に腰を落ち着け、茶と蜜餅《みつもち》が運ばれてくるのを待つ。ぎし、と重たげに軋《きし》む音を立てて、ナヅルが背から木箱を下ろした。それを見てハルヒヤは、思わず呟いた。

「背が、伸びたな」

ナヅルは目をしばたたかせ、それから軽く噴《ふ》き出した。

「最初に言うことがそれか？」

「いや……だって」

目の前のナヅルは、細身だが、大きな木箱に釣り合った上背をもつ青年だ。

だが記憶の中のナヅルは、同じ年頃の子供たちの中でも明らかに小さく、折れそうなほど華奢《きゃしゃ》な少年だった。口数も少なくて、ただ零《こぼ》れそうに大きな瞳でこちらを見つめ、時折ハルヒヤの袖《そで》を引いた。木には登れず土をいじり、水に飛び込めず花を探していた。そんな彼の隣に、仲間との遊びから抜けたハルヒヤがしゃがみこむと、ナヅルは瞬きをしたあとで嬉《うれ》しそうに、目を細めるのだった。

……ハルヒヤ。

ナヅルがハルヒヤを呼ぶとき、その中に、ナヅルの感情すべてが入っていた。嬉しさに溢《あふ》れた声で名前を呼ばれ、ハルヒヤにはそれが、嬉しかったのだ。

堰《せき》を切ったように、ずるずると記憶が溢れ出してくる。

物心ついたときから、遊ぶときはいつも一緒だった。ひとりうずくまるナヅルの手を引いて遊びに連れ出すのは、ハルヒヤの役割だった。喧嘩《けんか》をしてふてくされたハルヒヤに寄り添うのはナヅルの仕事だった。歩き回る気分ではないときは、二人で並んでおやつを食べ、何もせずにぼうっとしていた。十年前、ナヅルがこの領苑を去るまでは。

別れを告げられた日、いつ戻るのと尋《たず》ねても返るのは沈黙で、ハルヒヤは頭のどこかで、これが今生《こんじょう》の別れと覚悟した。最後の記憶は深紅の夕暮れだ。とろりと空気を重くするほどの、強烈な夕焼けだった。遠ざかり、真っ黒な影法師になっていくナヅルを、ただ見送った。ナヅルは一度も振り向かなかった。手を引かれ、繋《つな》いだその手が唯一信じられるものであるかのように、その足取りに何の迷いもなかった。ハルヒヤは寂しくて泣きそうになるのに、ナヅルは前だけを見ていて、それが悔しくて、悲しかった。

「……あ」

ハルヒヤはふと声を漏《も》らす。

「そうだ、先生は?」

幼いナヅルと共に暮らし、彼の手を引いて領苑を去ったその人のことを、ハルヒヤたちは「先生」と呼んでいた。痩《や》せて骨張った薄すぎる身体《からだ》、肩まで伸びた黒髪と、常に薄く微笑《ほほえ》んでいた端整な、けれど血の気のない顔。ナヅルは懐いていたけれど、ハルヒヤは少し、先生のことが怖かった。

ナヅルはああ、とこともなげに頷《うなず》いた。

「死んだよ」

二人の前に茶を置いた娘がびくりと指を強張《こわば》らせた。そそくさと店の奥へ駆け戻っていく足音が聞こえなくなるまで、たっぷり、ハルヒヤは固まっていた。

「……そう、なのか」

「ああ。マキヨノを出て三年しないうちに。ミサラ――北の領苑で医療処《いりょうどころ》に入ったが、もとから長くなかったんだ。ずっと肺《はい》を病んでいた。ミサラで、そのまま」

曖昧《あいまい》に相槌《あいづち》を打ってから、ハルヒヤは気づいた。ナヅルの傍《かたわ》らの木箱は、丁寧《ていねい》に手入れがされているが、よく見るとかなり古い。角は丸く、抽斗の縁が欠けている。

「なあ、もしかしてそれ」

「先生が使ってたやつだよ」

その答えにハルヒヤは息を呑《の》んだ。そうだ。すっかり意識の外だったが、確認しなければならないことがある。

「なあ、ナヅル、お前、もしかして」

ハルヒヤの様子を見て、ナヅルが笑う。その薄い笑みが、先生のそれと重なって見えた。ぞっとした。幼い頃先生に感じた恐怖が、ナヅルに重なることが嫌だった。

ナヅルが頷く。

「先生の跡を継いだよ。……先生についていったんだから、当たり前だろう」

「ば、か、じゃあなんで、帰ってきたんだ。お前、その仕事じゃあ、この領苑にいても、苦しくなるだけだ、もしかして知らないのか？　代替わりして、今の苑主《えんしゅ》様は」

「知ってる。だからこそだ」

ナヅルの声は静かだった。

「ひと月もすれば、マキヨノは花煙師《かえんし》の出入りを禁じる。この先、この領苑からは、花煙師も、花煙草《はなたばこ》も消えるだろう。だから、今。おれはここに帰ってきたんだ」

茶屋を出ると日はとうに沈みきっていた。薄青の宵闇《よいやみ》が、店々がともす軒下《のきした》の灯《あか》りをぼんやりと滲《にじ》ませている。

ナヅルが笠を被りながら、今ハルヒヤは何をしてるんだ、と尋ねてきた。

「随分鍛えた体をしてるけど。もしかして」

「ん……衛兵に、なった」

「そうか。うん、ハルヒヤにはぴったりの仕事だ。明日もつとめが？」

「いや、休みだ」

「やった。先生の家、覚えてるか？　おれはそこにいるから」

するり、と笠の薄衣が垂れ落ちる。彼の輪郭《りんかく》をぼかす紗《しゃ》の向こうで、ナヅルは笑ったようだった。

「じゃあ明日。……また会えて、本当に嬉しいよ、ハルヒヤ」

言ってナヅルが背を向ける。

その背中が大路を逸《そ》れて薄闇に紛《まぎ》れるまで、ハルヒヤはそこに立っていた。

遠ざかる背中は、幼い頃の別れの景色とは重ならなかった。ナヅルはもう華奢な少年ではないし、彼の傍らにあって手を引いていた先生は、もういない。

（死んだよ）

ナヅルの声が耳元に蘇《よみがえ》って、くっと喉《のど》が絞められたように苦しくなった。

先生は、花煙師だった。花煙草を編んで収入を得る職人だ。町から離れた人気《ひとけ》のないところに居を構え、滅多に外に姿を現さず、薄暗い家の中で一人、花と煙を紡《つむ》いでいた。用があって町にふらりとやってくると、町の大人たちは先生を遠巻きにするか、崇拝《すうはい》しているかのようにすり寄っていって頭《こうべ》を垂れるかだった。月に一度か二度やってくる人々が、先生が渡す小さな箱と引き替えにたくさんの金を置いていくのを、ハルヒヤも時々見た。先生の家はいつも、甘い煙の匂いがしていた。

ナヅルは、ハルヒヤの家の近くに暮らす夫婦の子だったが、いつの間にかその夫婦がいなくなった。ハルヒヤの両親や、周囲の大人が代わる代わる様子を見ていたけれど、ナヅル自身が先生の家に通い始め、いつしか共に暮らし始めた。ハルヒヤが連れ出さない限り、ナヅルは、陽《ひ》の射さない先生の家で、じっと先生の煙を見つめていたものだった。

この領苑を去るとき、先生がナヅルの手を引いたのは、だから多分、必然だった。あのときハルヒヤは十かそこらで、ナヅルはもう少し下のはずだ。マキヨノを出て三年経《た》ずに先生が死んだのなら、幼い彼は、どうやって生きてきたのだろう。まだ伸びきらない背には大きすぎる、先生が遺《のこ》した木箱を背負って、独り歩いてきたのだろうか。

ハルヒヤは頭を振り、ひとつ大きく息を吐いて、歩き出した。

少し、混乱している。今晩は早く寝たほうがいい。明日ゆっくり、友人との再会を喜ぼう。

ナヅルはナヅルだ。ハルヒヤのいるところに帰ってきた。その瞳が、笑みが、においが、あまりにも先生に似ているからといって、彼の後ろ姿を死と結びつけることは、あまりにも尚早だ。

朝から衛兵服に袖を通さなくてもいいというのは、気が楽だ。

海を隔《へだ》てた外《と》つ国《くに》から入ってきた、首元の詰まった衛兵服は、着物よりよほど頑丈で小回りが利くが、窮屈《きゅうくつ》だ。つとめで着るのは衛兵と近衛兵《このえへい》だけだし、仲間たちも、非番の日は皆着物で過ごしている。

床を抜け出し身支度をする。後ろ頭の寝癖を直すことを諦めて、繕《つくろ》い物をしている母にひと声かけた。

「ちょっと出てくる」

「はいはい。気をつけなさいよ」

「何にだよ」

衛兵になって二年も経つというのに、未だに子供相手のような言葉を返す母に、ハルヒヤは呆《あき》れて溜め息をついた。母はいーじゃない、と笑って、追い払うように手を振った。

履物をつっかけ一歩踏み出した途端に、駆け回る子供たちが膝《ひざ》にごつんとぶつかった。

「わ、ごめん、兄ちゃん」

「気ぃつけな」

「うん」

注意しながらハルヒヤは目元を和《なご》ませる。この辺りは子供が多い。日差しの下で手足を思い切り動かして笑う姿を見ると、もっと走れもっと笑えという気持ちになる。ふんわりとした気持ちのまま、ハルヒヤは歩き出す。

人々の家がぎっしりと立ち並ぶ小路と、商家や茶屋が賑《にぎ》やかに軒を連ねる大路がちょうど交わる辺りで、ハルヒヤは足を止めた。人二人分ほどの幅の、焦げ茶色をした木の壁の前だ。その壁には、大人の顔くらいのところに青い暖簾《のれん》がかかり、暖簾を上げると四角い格子戸《こうしど》がある。その奥は暗くてよく見えない。人より背の高いハルヒヤは少しかがんで、その向こうに声をかけた。

「おーい、アヤリ」

するとぱたぱたと足音が聞こえてくる。すぐに格子戸に、ひょいと娘が顔を覗《のぞ》かせた。

「ハルヒヤ！」

「アヤリ、おはよう」

　黒いまっすぐな髪を首の後ろで束ね、青い着物にたすきを掛けた娘が、ふわりと笑った。

「おはよう。今日はお休みだもんね」

「ん。な、今日は何がある？」

「木の実の蜜漬けと、青菜の味噌《みそ》。どっちがいい？」

「どっちも、ふたつずつ包んでくれ。友達に会いに行く」

「わかった」

　頷いたアヤリは、少し奥へ引っ込む。格子の向こうの薄暗さに目が慣れてしまえば、大きな蒸し器を開けて、紙に手際よく饅頭《まんじゆう》を包んでいくアヤリの横顔がよく見えた。

　ここは、アヤリの父が営む饅頭の店だ。ハルヒヤが十五の年に、父娘《おやこ》二人でここへ越してきて店を構えた。卓はなく格子越しの受け渡しのみだが、父娘の二人が食うに困らないくらいには繁盛している。看板娘のアヤリが、器量よし気立てよしなのもあるだろうが、何しろ美味《うま》いのだ。

　暗がりに映える、アヤリの頬《ほお》の白さに、ハルヒヤはぼうっと目を細めた。

「ほら、ハルヒヤ」

　がこん、と格子戸を押し上げて、アヤリが包みを差し出してきた。はっとして、代金と引き換えに包みを受け取る。

「ん、ありがとう」

「帰りは？」

「多分日暮れ前には。……夜、また来る」

「うん」

アヤリがまた笑う。この、ふんわりとした笑顔にひと目で惚《ほ》れた。胸の内に日向《ひなた》が広がるようで、堪《たま》らなくなる。通い詰めて、距離を縮めて、三月《みつき》前に好きだと告げたらアヤリは頷いてくれた。ずっと大切にする、とそのとき心に決めた誓いは、しっかりハルヒヤの胸に残って、自身の軸のひとつになった。一人の女を愛することが、こんなにも幸せなことなのだと、ハルヒヤはアヤリのおかげで知った。

アヤリに手を振って別れる。包みから適当に摑《つか》み出した饅頭をひとつかじりながら大路に出て、ハルヒヤは苑主の城に続くほうとは反対側へと足を向けた。

苑主の城は領苑のほぼ中央にあり、近づくほどに路は大きく賑やかで、離れるほどに田畑や森が広がる。しばらく歩いて町を抜け、さらに細い路を黙々と進むと、足下は踏み固められた土から砂利《じゃり》道になる。木々と古い家に挟まれた砂利道はくねくねと曲がり、次第に坂となる。それを上りきると、また足下は剝《む》き出しの土で、ぽつぽつと家があるが、家々の隙間を埋めるように茂る木々は高く、少ない住人が行き来する道以外は、昼でさえ薄い闇に落ちる。木立の奥には細い川が流れていて、耳を澄《す》ませば水音が聞こえてくる。木々の呼吸で空気はひやりとして、道さえ途切れそうな先に、先生の家はあった。

すぐ後ろには切り立った崖《がけ》が土を剝き出しにしていて、そこに張りつくように立つ母屋《おもや》と、その奥にある小さな離れ。さらに向こうに目をやれば、もう人の家はなく、どこまでも続くような草原がある。野放図に草が茂り、季節ごとに零れるほどの花をつけるのだが、その花のひとつだって、ハルヒヤは名前を知らないのだった。

ハルヒヤとその近所の子らは、冒険と称してしばしばこの辺りを歩き回った。そのとき周りの大人が「先生」と呼ぶ人がここに暮らしていることを知って、肝試《きもだめ》しの場所を見つけたような気分だった。ちょろちょろする悪童どもを、先生はただ薄く笑って見ていた。その笑みが段々怖くなって足が遠のき始めた頃に、ナヅルの親が消え、ハルヒヤに手を引かれなければ遊び歩こうともしないナヅルが、自らこんな所に通い始めた。その理由が、ハルヒヤには今でもわからない。こんなに寂しい道を歩いて、こんなに寂しい家に通い、ついには起居するようになった。何度ハルヒヤが連れ出しても、ナヅルはなぜかこの家に帰った。そして今も、

（——あ）

ハルヒヤは唐突に気づいた。

ナヅルが帰ってきたのは、マキヨノ領苑でもハルヒヤのもとでもない。

この家に、ナヅルは帰ってきたのだ。


母屋の戸を開けるが、人の気配はない。想定済みだったハルヒヤは離れに向かう。先生も、母屋の意味があるのかと問いたいほどに、離れにばかり身を置いていた。離れの戸を引き開けると同時に煙が流れてきて、ハルヒヤは眉を寄せた。久々に嗅《か》ぐその煙は、甘いけれど、ちくりと喉を傷《いた》めてくる。

これは花煙草の煙だ。

「ナヅル」

一応声をかけてから、履物を脱ぎ捨ててあがりこんだ。

戸を開けるとすぐに沓脱《くつぬ》ぎがあり、障子《しょうじ》と座敷を板張りの廊下でぐるりと囲っただけの、小さな離れだ。障子を一枚引き開ければ、真四角のひと間が現れる。煙が漂う、その真ん中にナヅルがいた。

庭に面する障子は閉めきられ、ひどく滲んだ光しか入ってこない。一本の蠟燭《ろうそく》が火を揺らめかせているが、煙が細く宙を泳いで、そのあえかな灯りさえ絡め取ってぼかしている。

ナヅルはこちらへ目も向けない。胡座《あぐら》をかいて背をかがめたその姿が、どうしても、先生と重なった。

傍らの木箱はすべての抽斗が段々に引き出され、中身がひと目でわかるようになっていた。上半分は九分割、下半分は二分割の抽斗の中身を、一見しただけで理解することは、普通の人には難しいだろう。ハルヒヤも、ナヅルに何度も尋ねなければ覚えられなかった。

──それなに。

──これは、陽の花。こっちが、水の花。

──これも花？

──そっちは、風の煙り草。陽の花に併《あわ》せるのは、火のほう。

──なんでわかんの。おんなじじゃん。

──全然ちがうよ。においも、いろも。

先生の目を盗んで木箱を開き、でも中身を触るのは怖かったから、指さしながらぽそぽそと会話した。気づけば先生は隅にひっそりとたたずんで、自分の商売道具にいたずらをしている子供二人を、薄く笑って見ていたものだった。

下半分の大きな抽斗のうち一方には細々《こまごま》とした道具が、他方には仕切りを入れて、それぞれ四種の方法で乾燥させた煙り草が入っている。上半分の九つの抽斗のうち八つに入っているのは、干したり炙《あぶ》ったりして、水分を抜きつつも香りを残した花弁を、粗《あら》く砕いたものだ。抽斗の中も細かく仕切られていて、何種あるのかは持ち主にしかわからない。先生やナヅルは、粗い粉状になったそれのことも「花」と呼ぶが、ハルヒヤはそれを花とは呼べなかった。確かに花の香りは残っているけれど、ハルヒヤにとってそれらは、萎《しお》れた花の残骸《ざんがい》だった。

残りひとつの抽斗に入っているのが、「花巻き」と呼ばれる薄い紙だ。

ナヅルの指先が宙の煙を絡めながら抽斗に伸びて、花巻きを一枚つまみ取る。次いで煙り草をひとつまみ、二種類の「花」をひとつまみずつ。煙り草と「花」は小鉢に入れて、細い木の棒で少し掻《か》いたあと、混ざった中身を花巻きに乗せる。そのまくるくると巻いていくのだが、小さいその紙をよくもそれだけ細く、きつく、「花」が零れないように巻けるものだと思う。時折木の棒を操って詰めたり伸ばしたりして、その器用さにハルヒヤは、今でも感心する。

さらりと糊《のり》をつけて、出来上がった花煙草を、ナヅルが唇を薄く開いて咥《くわ》えた。奇妙に暗くて明るい空間で、一瞬光ったナヅルの咥内《こうない》がいやに生々しかった。

火の先にくちづけるようにナヅルが首を傾ける。目に染みるほど鮮やかに、花煙草の先端が赤く灯《とも》った。ナヅルの胸が膨らみ、花煙草を咥えて締まりきらない唇から、煙がふうっと吐き出された。

室内の煙が、増える。新たに生まれた煙の筋が、蠟燭の灯りに絡みついてから浮き上がり、蛇《へび》のように、隅の暗がりへと伸びていった。ハルヒヤの鼻先に、さっきとはまた違った甘さが届いた。つい誘われるようにして、吸い込んでしまう。

だがその煙が喉奥を引っ搔いて、ハルヒヤは小さく咳《せ》き込んだ。

ナヅルがひたりと動きを止めた。が、ハルヒヤのほうを見ずに、また何か作業を始めようとするから、ハルヒヤはむっとして足を踏み出した。

包みから饅頭を摑み出し、その手でナヅルの口元から花煙草を引っこ抜くと、代わりに饅頭を突っ込んだ。

ナヅルが目を見開いて軽く噎《む》せ、落ちた饅頭をなんとかその手で受け止める。だがハルヒヤも、煙の真ん中に突っ込んでいったものだから、目にも喉にも沁《し》みる痛みに、今度は盛大に咳き込んだ。

ナヅルが呆れたように見上げてくる。

「何してるんだ、ハルヒヤ」

「うる……っ、さい、無視は、ないだろ」

「ハルヒヤが入ってくる前に、障子を開けてやろうと思ったんだ。ハルヒヤ、煙駄目だろ」

言いながらナヅルは立ち上がって数歩進み、するりと障子を開け放った。とたんに差し込む外の光は驚くほど眩《まぶ》しい。ゆらゆらと蠢《うごめ》いていた煙が光に溶けるように消えた。

ナヅルは続けて、木箱の近くの壺《つぼ》を持ち上げる。中には数本の花煙草が、消されることなく未だ煙を上げていた。そのせいでこんな煙の量だったのかと、ハルヒヤは喉の痛みを唾《つば》で流し落とそうとしながら、ナヅルを睨《にら》んだ。ナヅルは肩をすくめる。

「まだ咲いてるのに、花を潰すなんて勿体《もったい》ないだろう」

言って、その壺を縁側に置いた。痛みは遠ざかるが、甘やかな煙の香りはまだ糸を引くように残る。ハルヒヤの指の間に挟まった最後の花煙草もつまみあげて、名残惜しげにひと吸いしたあと壺へ入れた。胸に溜めた煙は、外へと逃がしたようだった。

痛みが落ち着くと同時に目が慣れる。あんなに眩しいと思ったのに、障子は崖に面しているから、日当たりはよくないのだ。煙は空間の密度を高めてとろりと粘《ねば》り、実際以上に部屋を暗くする。ハルヒヤはそう思う。

「昨日ぶりだな、ハルヒヤ」

「……ああ、そうだな。改めて……」

お帰り、と言いたかったのに。さっき気づいてしまったから、その言葉は舌の根元でつっかえた。ナヅルはこの家に帰ってきたのに、先生でもこの家の住人でもないハルヒヤがそう言うのは、おかしいような気がした。

ナヅルがきょとんとこちらを見る。

「お帰りって、言ってくれないのか？」

「え？」

「お前に会いたくて帰ってきたのに」

ナヅルが、軽く微笑みながら告げたその言葉に、嬉しいと思えるはずだった。けれど思えなかった。ハルヒヤは拳《こぶし》を握る。ナヅルは無口だったけれど、言葉ひとつひとつに、感情がこもる子供だった。こんな風に、簡単に笑って、つるつると言葉を紡ぐような質《たち》ではなかった。十年の歳月がそう変えたのだと、納得しなければならないのだろう。だがハルヒヤには、その姿が——口元の薄い笑みで言葉を包む姿が、先生の後追いにしか見えなかった。

「……ああ。よく帰ってきてくれたと思う。おれは、もう会えないと思っていたから」

ナヅルが縁側に腰掛け、ハルヒヤもそれに倣《なら》う。片手に握ったままの饅頭を持てあましているようで、ハルヒヤは眉を上げた。

「食え。どうせ飯は食べてないんだろう。あとあの母屋、掃除くらいしてからこっちに来いよ。……しかし、よくこの程度の荒れ具合で済んだな。もっと朽《く》ちてるかと」

「煙吸ってたから、腹は減ってない。掃除は……そうだな、するよ。あとハルヒヤ、もしかしてずっとここに来てなかったのか？　あんなによく来てたのに。薄情だな」

「来る必要が無かった。お前がいないんだから」

　ナヅルは少し動きを止め、顔を背けた。ふうっと肩の線が下がり、また正面を向くと、手に持った饅頭をかじる。

「……美味い」

「だろう。評判の店のだ。中身なんだった」

「甘い」

「蜜漬けか。もうひとつ食えるぞ。おれはさっき味噌のほう食ったから、お前次は味噌な」

「いや、ひとつでいい……もう腹が膨れてきた」

「腹、薄すぎだろう。人は煙じゃ生きていけねえんだから」

「……はは。うん。いや、そうだな」

　でもやっぱりいい、お前食えよ、とナヅルが笑う。ハルヒヤはもうひとつの味噌のほうを半分に割って差し出した。ナヅルは顔をしかめて、渋々受け取った。

　しばらく二人で饅頭をかじる。

沈黙に、ようやく、ハルヒヤは落ち着いた心地がした。遅い咀嚼《そしゃく》の音に、感じる空気に、やっと隣にいるのがナヅルだと実感できた。

さっきと合わせてハルヒヤはふたつ半食べたが、ナヅルは本当にひとつで腹が膨れたのか、最後の半分が進まない。ちまちまとかじる様を見かねて、ハルヒヤは饅頭を取り上げ半分以上かじり取ってやった。残りを返すと、ナヅルも覚悟を決めたように口を大きく開けて、それでも三口かけて残りを食べた。

時間をかけて飲み込み、しばらくぼうっとしたあとで、ナヅルが口を開いた。

「……先生が」

「ん?」

「先生が、この辺りの住人に、頼んでいったんだ。この先十年は、この家が残っているようにしてくれって。床も柱も腐《くさ》ってないってことは、最低限のことはしてくれたんだろう。それなりの金を渡したからな」

「え」

それは——最初から、戻ってくるつもりだったのか。ハルヒヤが永《なが》の別れと信じたあの夕暮れは、ただ旅の出立だったのだろうか。

ハルヒヤの微妙な表情を読んで、ナヅルは少し笑った。

「先生は二度と帰らないと決めてたよ。でもおれは……帰ることになると、先生は予想してたんだろうな」

「なんでだ？」

「先生は知ってた。継嗣《けいし》様――ああ、もう苑主様か。今の苑主は先代と違って、花煙草が大の嫌いだ。だから自分の代になったら、きっと、花を刈り尽くすだろう、って」

ハルヒヤは不思議に思った。

先代苑主は穏やかにこの領苑を守った。改革もしないが世が悪くはならない。そんな苑主が花煙草を嗜《たしな》んでいることは、領苑中が知っていた。

逆に、当時の継嗣、つまり当代苑主のことは、不思議なくらい皆知らなかった。継嗣本人が、あまり表に出てこない人間だったのだ。父子《おやこ》関係がよくないとも言われていた。苑主の外出についてくることもないから、民たちは継嗣の顔すら知らず、わかっているのは、ハルヒヤたちよりも十ほど年上であること、そして非常に優秀であるという噂《うわさ》。その噂に違《たが》わず、先代が五年前に急死して苑主となった途端、マキヨノはみるみるうちに変わり始めた。

領苑の周縁部にいくほど雑多だった区画は大部分が整理され、住処《すみか》が定まらず路上で寝起きしていた男たちは、城での力仕事を条件に新しく建てられた長屋での寝食が許された。

さらに苑内《えん》には三本の川があるが、うち東の二本から巡らせている水路を細かく引き直し、川から遠い住人たちにも労せず水が行き届くようになった。その鮮やかな手際に民たちが感嘆の声を上げ、尊敬のまなざしが集まるやいなや、二年前、苑主は将来花煙草を禁止することを宣言したのだった。

反発はあった。花煙草はこの国で、古くから一部の大人に嗜まれていた。花煙師と呼ばれる職人の手で複数の花が併せられ、花煙師ごとに違う煙の味と香りを愛する者は多い。今は亡いハルヒヤの祖父も吸っていた。花煙草は大人だけの愉《たの》しみなのだと、しゃがれた声で言う祖父を覚えている。ハルヒヤが幼かった頃、花煙草を吸う大人は多くて、色々な花の匂いが煙と共に溢れていた。なんだか華やかで、大人たちも笑っていた。

だが花煙草に使われる煙り草は、吸い込むと喉病みや肺病みのもとになるらしいとわかり、忌《い》む者が近頃急に増えていた。外つ国の学者もそう言うし、思えばあそこの爺《じじい》もそこの婿《むこ》も、皆花煙草を吸って、そして肺病みで死んだじゃないか――。そうして病を恐れる人々を、苑主は味方につけた。

女子供が病むかもしれない、そのような毒煙を、苑内にはびこらせるわけにはいかないと声高《こわだか》に語った。まずは、大路での花煙草の売買が禁止された。それで、民からの不満の声がさほど大きいものではないとわかると、半年後には花煙師の出入りを禁止すると発表した。

　その衝撃は他の領苑にもすぐさま伝わったらしい。そうなったらマキヨノにはもう来ねえなあ、と、南から来る煙り草の行商人がぼやいているのを聞いた。煙り草はその大部分が南の広大な地で栽培・加工され、彼らはそれを各領苑で花煙師に売り歩く。花煙師は基本的に流れ者が多いため、花煙師の出入りが途絶えれば行商人も来ず、花煙草も消滅する。苑内に留まっていた花煙師も、閉じ込められては堪らないと、このひと月で引き上げていった。おそらくナヅルは、この領苑最後の花煙師だ。

　ナヅルが小さく息を吐いた。

「間に合ってよかった。もう少し余裕もって帰ってくるつもりだったけど、予定がくるって……」

　花煙師の出入りが禁じられるその日は、ひと月後に迫っていた。

「二度と来れなくなると思ったら、やっぱり、帰りたくなったんだ。……それを先生に、読まれてたんだな。ここが残っていてよかった」

　ハルヒヤは言葉を探した。領苑の民が知らなかった当時の継嗣のことを知り、ナヅルのために手を打つ。不思議が過ぎて、首を捻《ひね》るよりも感嘆の息が零れる。

「すごいな、先生」

「……うん、そうだろう。先生はすごい人だった。旅ができたのは三年もなかったけど、行く先々の領苑で、みんな先生を求めていた。先生は希代《きだい》の花煙師だって」

ナヅルは立てた片膝に頰を埋めた。どこかぼんやりとして、真っ黒な瞳をこちらへ向けるその表情は、幼い頃のナヅルのそれだった。気づけば口調も、音も無く垂れ落ちる水に似た静けさを纏《まと》っていた。その姿からは先生の影が脱げ落ちている。ハルヒヤはそっと安心した。そうだ。ナヅルはこんな子供だった。

「そうか」

「うん」

ナヅルが目を伏せる。睫毛《まつげ》が目元に影を落とした。

「先生は、すごい人なんだ……」

「うん。それで、ナヅルのこと、大事にしてたんだな」

目を伏せたままで、ナヅルの指先がぴくりと動いた。

「……そうか?」

「ナヅルのために家を残してたんだろ。正直、先生のことはよくわからないままだけど……ナヅルのことは想ってたんだな」

「……ハルヒヤ」

「ん？」

「……うん。そうだよな……」

それからナヅルは黙り込んだ。

ハルヒヤも、眼前の崖をゆっくり目線でなぞりあげ、空で止めた。崖の上は木が無いから、崖と軒で切り取られていても、空はまっすぐに見えた。青い水の色をしていた。壺の中の花煙草たちは、気づけばもう燃え尽きていた。煙の甘い匂いは風に洗い流されている。

そういえば、先生やナヅルは、花煙草が消えることを枯れると呼んでいたな、と、どうでもいい記憶が蘇る。そうだ。幼い頃、ナヅルと二人だけの時間はこんな風だった。静かで楽に息ができた。そこに花の煙が立ちこめると、息が苦しくて仕方がない。

花煙《かえん》なんて要らないのになと、ハルヒヤはぼんやり、そう思った。

□

「先生」

「はい」

「……なぜそんなことを？」

臥《ふ》せりがちになった先生は、今日も枕から頭を上げなかった。そんな中で語られた。マキヨノの継嗣は花を刈るだろうということ。花は、いずれ種まで、マキヨノから消え去るだろうということ。家はナヅルのために残してあるということ。

「そんなマキヨノに、帰って、僕はどうしたらいいのですか」

花が絶やされ、花煙師の未来などない苑《その》に、なぜナヅルの居場所を残すのだろう。ただ、困惑した。

先生は薄く笑う。

「帰らないのなら、それはそれで、構わないのですよ。あの家は朽ちるだけ。……でも」

あいたいでしょう、と先生は言った。

「あいたいでしょう。あの子に。もう一度」

あの子が誰を指すかなんて迷いようも無い。

ナヅルは思い出す。いつも伸ばされた温かい手。摑めば握り返してくれた。袖を握れば必ず振り向いてくれた。

暗い部屋で先生の隣で、目眩《めまい》がしそうになっているとき、必ずハルヒヤが、ナヅルを花煙の迷い路から連れ出した。

先生と共にあることはナヅルにとって息をするように自然なことだった。けれどハルヒヤと手を繋ぐことは、息の合間にひどく贅沢《ぜいたく》な蜜を舌に乗せるような、幸福だった。

「あいたいでしょう」

繰り返す先生の声はもう、問いかけではなくただの確認のようだった。そして、ナヅルにすり込む呪いのようだった。

あいたい。……あいたい。もう一度。

先生が息をするたびに、その喉から風のような音がする。その音を聞くと、ナヅルはひたすらに寂しくなった。紛らわすように、揃《そろ》えた膝に爪を立てた。

「きっときみは、マキヨノへ帰る。抗《あらが》えない。囚《とら》われる。……わたしがそうだったように、あの苑で暮らす人に、魂《たましい》を縛られてしまった……どんどんきみは、わたしと同じになるね」

ナヅルの眼裏《まなうら》に、花を咥える先生の横顔が蘇ってくる。きみにはまだ早いと言ったその唇で、先生は、わたしと同じだと言う。意味を問おうとしたとき、再び先生の唇が震えた。

「そして、きみが、花煙を禁じたマキヨノに帰ったら……そのときは、わたしの望みを、叶えてくれるのでしょうね」

……かわいそうな、きみ。
そのひと言は、本当に、眠りの淵《ふち》で漏らしたただの独り言のようだった。
非道《ひど》い、と、思った。
先生は、非道い、人だ。

二章

ハルヒヤは眉を寄せた。

ひそひそと、人々の声が聞こえる。日当たりのいい大路から外れれば、入り組んだ小路の中に薄暗い家や小店が密集して建ち並ぶ。その空気が、なんだかざわついていた。暗がりにいる女から、すれ違う男たちから、囁《ささや》きが零《こぼ》れ出る。その囁きを拾い集め、ときに直接尋《たず》ねれば、彼らは同じひとつを口にしているようだった。それはおそらく人の名で。

——ミシギ、と。

「ミシギ？」

この月のハルヒヤの相方である年上の青年も、同じように眉を寄せた。

この月、ハルヒヤは苑《えん》内の警邏《けいら》を割り当てられていた。襟《えり》と袖《そで》の詰まった黒い衛兵服は、ひらひらとひるがえる人々の着物の中で、くっきりと浮き上がる。正直に言って好きではないけれど、衛兵という仕事は誇《ほこ》りに思っている。父母と、昔なじみと、それからアヤリが暮らすこの苑《その》を守る。その一端を担《にな》っている。自分の手が、彼らの平穏を守れるのなら、こんなに幸せなことはない。

今日の持ち場は領苑《りょうえん》の西側だった。ここは区画整理が未《いま》だ行き届いておらず、少し深いところに入ればたちまち薄闇《うすやみ》に落ちて、野蛮《やばん》と粗暴の塊《かたまり》が眠る温床へ姿を変える。身体《からだ》を鍛え、腰に短刀を提《さ》げている衛兵でさえ、二人ひと組でいることが義務づけられる。そんなところで、人々の間を伝播《でんぱ》するように囁かれる名前は、決していいものではないだろう。

「知ってるか、ハルヒヤ?」

「いえ……というか、何なんでしょうね。『ミシギ』が誰なのか知らない人まで、まるで名前だけの一人歩きだ」

「今日の報告はこれだな」

その言葉に頷《うなず》こうとしたとき、またひそり、と、すれ違う男たちの小声がハルヒヤの耳に届いた。

——ミシギが、帰ってきたらしい。

その言葉に、ハルヒヤは、笠《かさ》を被《かぶ》ったナヅルの後ろ姿を思い出した。

「あ……」

「ん?　どうした」

「あ、いえ」

首を振る。けれど脳裏に浮かんだ背中は消えなかった。胸がひとつ脈打つごとに、指先が冷えていく気がする。

二日前帰ってきたナヅル。その足跡を追うように広がり始めた名前。なんだか嫌な感じだった。


その日は明るいうちにつとめを上がった。普段ならアヤリのもとへ行くが、ハルヒヤの足はナヅルの家へ向かっていた。

幼い頃は、町から先生の家へ行くのは、子供の足で朝から昼までかかる大冒険だった。今でこそつとめ上がりに足を向ける余裕があるが、少しばかり遠いことに変わりはない。坂道を上っている間に日が落ちてしまった。完全な闇になる前に着こうと、足が速まる。ほとんど小走りでナヅルの家に辿《たど》り着くと、母屋《おもや》から灯《あか》りが漏《も》れていた。

掃除したのか、と思いながら、ハルヒヤは母屋の玄関へ向かう。戸を引こうとしたとき、ふと掛かっている札に気がついた。

『煙《けむ》り洞《うろ》』。

なんだか、胸の奥が重くなるような名前だ。手から一瞬力が抜け、それと同時に、内側から戸が開かれた。

「えっ」

「あら……ごめんなさいね」

いたのは一人の女だった。きちんと髪を結い上げて紅《べに》を引き、綺麗《きれい》な着物を纏《まと》って、良い家の女だとわかる。胸に布の包みを両手で抱えて、ハルヒヤに軽く会釈をして去っていった。その後ろ姿を少し見送ってから、我に返ってハルヒヤは中に足を踏み入れた。

「ナヅル」

「ハルヒヤ？　こんばんは」

女を見送りに立っていたのか、指先に挟んだ花煙草《はなたばこ》から煙を揺らして、ナヅルは薄く笑って首を傾けた。眉間《みけん》に沁《し》みるように甘い匂いを漂わせる、その顔がまた先生に似ていて、ハルヒヤは舌打ちを堪《こら》えた。履物《はきもの》を脱ぎ捨てて、乱暴に框《かまち》に足を乗せると、ナヅルは不思議そうに瞬《まばた》きをした。

「なんで怒ってるんだ」

「怒ってない。……邪魔するぞ」

「どうぞ」

ふわりと袖を翻《ひるがえ》して、ナヅルが障子《しょうじ》を開ける。広さのわりに灯りが少ない座敷だ。僅《わず》かな灯りの下に、擦り切れた座布団が二枚、向き合うように並んでいて、奥の座布団の傍《かたわ》らには銭《ぜに》が無造作に置いてあった。敷居を越えると、裸足《はだし》にざらりと埃《ほこり》を踏んだ。

「うわ、お前、掃除してないのか」

「ちゃんとしたよ。掃いて拭《ふ》いた」

「やり直しだ。雑なんだよ、さっきの人をよくあげたな」

「ああ、あの人。祝ってくれよ、一人目のお客だ。注文を聞いて、今日は取り敢えずあるものを渡しただけだけど」

「……客？」

「玄関見てないのか？　看板出しただろ、『煙り洞』って」

ナヅルが花煙草を咥《くわ》え、ぷか、と煙を吐いた。目が痛む。そのせいで薄く滲《にじ》んだ涙も手伝い、煙の向こうでナヅルの顔がぼやけた。声すら、遠く聞こえる気がする。

「店には名前が必要だ」

「……『ミシギ』」

ぽつりと呟《つぶや》くと、ナヅルの目がちょっと見開かれた。

「どこでその名前を？」

「やっぱりナヅルのことなのか？」

「先生が死んでからは、ずっとその名前でやってきた」

「……なんでナヅルじゃ駄目なんだ」

「名前も知らない流れの子供から花煙草を買う大人はいないよ。でもミシギって名乗れば、聞く耳を持ってくれる」

「なんでだ？」

ナヅルは肩をすくめた。

「先生の名前だから」

ハルヒヤは息を吸って、それを吐くことを少しの間忘れた。おい、と苦笑しながら軽く胸をつつかれて、呼吸を思い出す。

「そんなに驚くことか？」

自分でも、どうしてこんなに衝撃を受けたのかわからない。そういえば、先生の名前を初めて知った。ハルヒヤは眉を寄せて、頭を掻《か》いた。

「ナヅル……お前、なんで」

「ん？」

「……先生に、似たなと思った。笑い方だとか話し方だとか、でもそんな、名前まで……どうして、まるで、先生になろうとしてるみたいだ」

ナヅルは花煙草を咥えた唇を、震わせたように見えた。その唇から言葉が零れるのを待ったが、叶わなかった。

息を吸ったナヅルは、代わりのように煙を吐き出した。指先で煙草をつまみあげ、その唇の端を吊り上げてみせる。それを見て、ああ駄目だ、とハルヒヤは悟った。

ナヅルの言葉は煙に溶けてしまった。

「……考えすぎだよ、ハルヒヤ」

案の定、返った答えは笑みを纏って摑《つか》み所がない。ハルヒヤは眉を寄せて顔を背けた。

「……そうかよ」

「拗《す》ねないでくれよ」

「誰が」

「……頼むよ」

顔を下げたまま目だけ上げる。ナヅルの口元しか見えない。

「ハルヒヤ」

「なんだ」

問いかけてくるその口元は、笑っている。

「おれはそんなに変わったか？」

肯定するのも否定するのも腹が立つ。黙り込んでいると、ふぅと息を吐く音が聞こえた。

「図体ばかり育って、中身が変わらないのも、どうかと思うけどな」

「ああ?」

「ハルヒヤは全然変わらない」

ハルヒヤは溜め息をついた。ずっと顔をそらしているのも、大人げない。首筋を掻きながらナヅルと目を合わせた。

「……走って転んで食って寝てばかりだった頃と変わらないって言われたんなら、心外だ」

「変わらないよ」

言いながら懐《ふところ》を探ったナヅルが、随分《ずいぶん》短くなった蠟燭《ろうそく》に、新しく取り出したそれを近づけて火を継ぐ。一瞬明るさが倍になるが、それも先の蠟燭が燃え尽きるまでだ。

それまでにここを掃除し直すのは無理だなと、ハルヒヤは掃除のやり直しを諦《あきら》めた。今度ここに来るときに、家の使い古した雑巾《ぞうきん》を持ってこよう。

それを言うと、ナヅルは花煙草を指で揉《も》みながら、ああ、と声を上げた。

「そうだ。明日から十日くらい、おれ留守にするから。掃除はそのあとにしてくれ」

「は?　どこに行くんだ」

「ちょっと隣まで」

「隣……？　サイハラか、アデノか」

「アデノ。近いし、馬を借りるあてがあるから、禁花《きんか》の門が閉まるまでには間に合う」

耳慣れない言葉にハルヒヤが眉を上げると、ナヅルが肩をすくめた。

「花煙師《かえんし》の間での言い方だよ。マキヨノが花煙師を閉め出す、花煙草を絶やす始まりだ、そら禁花の門が閉まる――てね」

ハルヒヤに向けていた視線をすうと宙に滑らせて、ナヅルはとん、と唇に花煙草を押しつけた。吸うでもなく、花煙草の吸い口で下唇をこねまわす。

「まあ、仕方がないという同業もいた。国主が外《と》つ国《くに》との交流を許してから、どこの領苑にも、学問がどんどん流れてきて……花煙草に使う煙り草は、喉《のど》と肺《はい》を病《や》ませることを、皆が知ってしまったから。空気と吐息を汚して、幼子《おさなご》すら冒《おか》す毒と知ってしまったから」

ハルヒヤは曖昧《あいまい》に頷いた。「煙を吸う者は肺を病んで早くに死ぬ」と、外つ国の学者が言ったことは、ナヅルが去った数年後にマキヨノにも広まった。ハルヒヤも、煙り草の煙には強く痛みを覚える質《たち》で、ナヅルの帰還がなければ、花煙草がいずれなくなることをただ喜んでいただろう。それをナヅルの前で態度に出すのは憚《はばか》られたのだが、微妙な顔をしているハルヒヤにナヅルは片頰《ほお》を歪めた。噴《ふ》き出すのを堪えたようだった。

「面白い顔するなよ」

「うるさい」

「うん、まあ、そういうことだ。これからはきっと、どこに行っても、花煙師はやりづらくなるだろうな……マキヨノはその先駆けだ。苑主《えんしゅ》様は民を煙の病から救おうとなさっている」

唇から花煙草を離して、ナヅルが瞼《まぶた》を伏せる。ふと、その唇に浮かぶ笑みの質が変わったように、ハルヒヤには思えた。なんだろう、その色は——嘲笑《ちょうしょう》だろうか。

「マキヨノは真っ先に、花煙《かえん》を失うんだ。苑主の思惑通りに」

「ナヅル？」

「いや、なんでもない」

首を振り、ナヅルは短くなった花煙草を、ぽんと足下の小さな壺《つぼ》に落とした。

「で。ハルヒヤの用はそれだけだった？」

「あ？」

「ミシギ」

「あ……ああ。今日の見回りで、西だったんだが、そこでミシギの名前が流れてた。あんまり、いいもんじゃないように思えて」

「そうか？　行く先々で名前が流れるってのは、花煙師にとっては嬉《うれ》しいことだよ。それだけミシギの花煙草を求めてる人がいるんだ。ありがたいね」

　そう言うナヅルに、返す言葉が見つからなかった。マキヨノで花煙草を求めることは、この先己《おのれ》の首を絞めることに繋《つな》がる。今はナヅルがいるからいい。ひと月後、花煙師がマキヨノに来れなくなっても、しばらくはナヅルが花煙を編《あ》むだろう。だが、煙り草が絶え、ナヅルの「花」が尽きたら？　苑主が、花煙草の売買自体の禁止に踏みきったら？　いつか、求めても手に入らない日が来るのだ。「ミシギ」を歓迎する彼らは、それをどう考えているのか。

　それに、とハルヒヤは思う。

「禁花の門が閉まる」その日のあと。花煙の消失を望むマキヨノに閉じ込められた花煙師が、どうやって生きていくのだろう。

「ハルヒヤ」

　ナヅルの声で我に返った。見ると、ナヅルが火を移した提灯《ちょうちん》を差し出していた。

「帰るだろ？　もう真っ暗だから」

「ああ、ありがとう」

　受け取り、履物を履《は》いて引き戸を開ければ、確かにもう夜闇の底だ。月が明るいのが幸いだった。

「じゃあ」

「うん。おやすみ」

微笑《ほほえ》みながら囁くような声でされた挨拶《あいさつ》に同じものを返して、ハルヒヤは足早に家路を辿った。木が密集して月明かりが遮《さえぎ》られがちな小道を、半ば駆け足で進み、坂道を下りきってから歩を緩める。

ゆらゆら揺れる火を何とはなしに見ていると、蠟燭の灯りで煙を吸うナヅルの姿が浮かんでくる。……煙が消えたあと、その目は何を見ているのだろう。ハルヒヤが去ったあと、一人の座敷で、煙を纏って目を閉じるナヅルが思い浮かんで、首筋の毛が逆立った。やめだ。

幻を払い落とすように頭を振った直後、ナヅルがなぜアデノ領苑に行くのか、目的を尋ねるのを忘れていたことを思い出した。

その夜、先生に手を引かれ、真っ赤な空へ遠ざかっていく、小さなナヅルの後ろ姿の夢を見た。

それから数日経《た》った。夜回りのつとめが明けて、家に帰りある程度眠ったあと、ハルヒヤは寝ぼけ眼《まなこ》で起き出した。

衿《えり》も帯も緩いままなのを、羽織を肩にひっかけて誤魔化《ごまか》した。裾《すそ》と袖口に青い格子柄《こうしがら》が入ったそれは、衛兵になって最初の給金で調達した、気に入りの羽織だ。着すぎて草臥《くたび》れているが、まだ新調する気にはならない。

あくびを噛《か》み殺しながら履物をつっかける。手には行李《こうり》から引っ張り出してきた襤褸《ぼろ》雑巾が入った紙包みを摑んだ。そろそろナヅルが戻ってくる頃だから、届けてやろう。まだいなかったら離れの縁に置いてきてやればいい。

アヤリのところに寄って饅頭《まんじゅう》を買おうとも思ったが、長い列ができていたからやめた。格子の向こうのアヤリと目が合う。手を振ってやると、はにかんでハルヒヤにだけわかるように頷く。それだけでぬくもる胸に小さく笑って、ハルヒヤは大路へ出る。

昼過ぎの大路は人が多い。人々の動きに合わせて波のように揺らめき、風を含んで翻る袖の隙間《すきま》に、遠くナヅルの後ろ姿を見つけて、ハルヒヤは足を速めかけた。

だが、動きが止まる。

行き交う人々の間に見え隠れする色の薄い短髪は、確かにナヅルだ。肩に括《くく》った荷を右手が押さえ、左手が、斜め下へ伸べられている。行き交う色とりどりの袖が、一瞬途切れ、その手の先にあるものが見えた。

ナヅルの手は、華奢《きやしや》な手を包み込んでいた。

ナヅルに引かれている手は遠目に見てもあまりに細い。子供だった。小枝のような腕が続き、それを隠す着物の袖は、さらに薄衣で隠される。その小さな人影はナヅルの笠を被っていた。ナヅルの胸の下ほどの背丈しかなく、裾が地面に擦《こす》れてしまっている薄衣越しの、その身体は、ひどく細くて頼りなかった。

子供に合わせてか、二人の歩みはとても遅い。重たげに揺れる薄衣のせいで、風さえも、二人の周りでは遅くなっているのではないかと思う。

二人が大路を逸《そ》れて、なびく薄衣が見えなくなっても、ハルヒヤはまだ足を動かさなかった。

とん、と若い娘にぶつかられ、ようやく足が前に出る。謝られて咄嗟《とつさ》に同じ言葉を返したあと、やっと頭も動き出した。とはいえ、わかることなどひとつだけだ。

ナヅルが手を引いて連れてきた幼い子供。きっとあれが、ナヅルがアデノへ赴いた目的だ。

ハルヒヤは一度深く息をしてから、歩き出した。のろのろと進む。幼子と歩調を合わせたあの速さでは、すぐにナヅルに追いついてしまう。ナヅルと顔を合わせるのに、もう少し時間が欲しかった。

物売りが広げている敷物に向かってしゃがみこみ、品を見ている体《てい》を装いながら、ハルヒヤは一度強く目を瞑《つむ》った。

自分でも驚くくらい動揺している。ただナヅルが子供を一人連れてきた。それだけだ。その子はどうしたんだと尋ねればいい。それだけのことが、どうしてこんなに怖いのだろう。……怖い？

（おれは、怖がっているのか）

真っ赤な夕焼け。二人の影法師。手を引かれて去るナヅル。手を引いているのは、先生。

ああ、駄目だ。

先生の影法師が、振り向いてナヅルになる。

『死んだよ』

先生の死を告げるナヅルの声は、不自然なくらい明瞭に耳に蘇《よみがえ》る。さらりと、薄い笑みすら含んでそう言ったナヅルの声が、恐ろしかった。

ナヅルも死んでしまう。先生の死を告げたのと同じように、さらりと。

なぜだか、そう思うのだ。

何も買う様子を見せないことに痺《しび》れを切らした物売りに追い払われ、ハルヒヤはまたのろのろと歩き出した。

小路に入ると、二人の姿はもうない。もしかしたら自覚している以上にしゃがみこんでいたのかもしれない。物売りには悪いことをした。

ゆっくりと歩き、坂道を上り、木々が覆《おお》い被さる小道を進む。日向《ひなた》の白さと木陰の青さに目が眩《くら》んだ。

そうして、ナヅルの家が――『煙り洞』が見えてきた。

ハルヒヤはふと耳を澄《す》ました。葉擦れと鳥の声に紛《まぎ》れて、微《かす》かな水音がした。

それは離れの縁側から聞こえるようだった。ぐるりと回って、崖《がけ》と離れの間に直接向かう。角で一度深く息を吸ってから、ハルヒヤは踏み出した。

「おい、ナヅル――」

だが声が途中で止まる。

ナヅルは地面に膝《ひざ》を突いて、縁側に座らせた子供の足を、水を張った桶《おけ》で洗っていた。小さな足を壊れ物のように、丁寧《ていねい》に触り、土を落とし、足指の隙間に人差し指をくぐらせる。そのたびに、くすぐったいのか、華奢なくるぶしの骨がくりくりと動いているのが見えた。子供の顔は、長い髪が頬までかぶさって隠している。鼻の頭だけがちょこんと見えた。

「あれ、ハルヒヤ」

足音を聞きつけたのか、こちらを見てナヅルが瞬き、立ち上がった。

「来てくれたのか。ありがとう。あ、それ雑巾か？」

「……その子は」

「ああ。アデノから連れてきた」

軽く笑い、ハルヒヤは子供の手をとってほら、と促《うなが》した。子供は縁側に足を乗せ、ゆらりと立ち上がる。ナヅルが手を繋いだまま、もう片方の手を伸ばして、頬にかかっているぼさぼさの黒髪を掻き上げてやった。

そうして見えた顔は、痩《や》せて尖った顎《あご》と色を失った薄い唇、小さな鼻と並ぶ中で、睫毛《まつげ》が豊かな目ばかりがぱちりと見開かれ、潤《うる》んだ黒目が零れそうだと、そうハルヒヤは思った。

「ほら、ヤヒナ。言ったろ、おれの友達。ハルヒヤっていうんだ」

子供に語りかけるナヅルの声は驚くほど優しい。子供は重たげに瞬きをしてから、軽く目を伏せて、ハルヒヤに向かって丁寧に頭を下げた。

「えっ……あ、えーと……どうも」

ハルヒヤは戸惑った。子供が着ているのは薄汚れた粗末な着物で、緩んだ衿から覗《のぞ》く首から鎖骨は、骨に皮が張りついているだけのようにくっきりと陰影を刻んでいる。普通の暮らし方をしていれば、こんなに痩せ細らない。物乞いの類《たぐい》かとも思ったが、それにしては、礼の仕草は板についていて品があり、優美でさえあった。

どうしたらいいか、ハルヒヤは取り敢えずナヅルを見た。ナヅルは苦笑して、子供を再び座らせた。手は繋いだままだ。

「この子は色々事情があって……アデノには、この子を迎えに行ったんだ」

ナヅルは微笑んでいる。

その笑みは、今までよく浮かべていた薄いものとは違っていた。幼い頃のものでもなく、先生に重なるような乾いたものでもない。なんだかひどく落ち着いて、凪《な》いだ瞳で、ナヅルは笑っていた。

それだけで、先ほどの影法師の幻が消えていくようで、ハルヒヤはそっと安堵《あんど》した。

「そうか。……まあ、あとで詳しく聞かせろよ」

「もちろん」

「その子と暮らすなら、もちろん掃除はし直すんだよな?」

「……がんばるよ」

観念して手を挙げる仕草をしたナヅルに、ハルヒヤはようやく笑うことができた。

「まあ、今日は疲れたろう」

「ん、日に余裕がなかったし、結構飛ばしたしな。おれも体拭きたい」

ナヅルがくっと背を反らすと、ぱき、と骨が鳴る微かな音が、ハルヒヤにまで聞こえてきた。

「うわ、聞こえたぞ」

「はは。まあ、この子が終わってからだな。ほら、背中出して」

繋いだ手を解いて、ナヅルが縁側に置いていた布を手に取った。桶の前に膝を突き、濡らして絞る間に、子供は背を向けて正座をし、衿を緩めてするりと落とした。

露《あらわ》になった首筋と肩はやはり、はっきりと骨が浮いている。そのくぼみまで丁寧に、ナヅルが布を這《は》わせていく。腋《わき》に触れると、ヒク、と肩甲骨《けんこうこつ》を寄せて小さくのけぞる姿に、ハルヒヤはなんとなく目のやり場に困った。

いつまでも突っ立っていることもない。ハルヒヤは縁側へ近づいた。雑巾の包みを置き、子供から少し離れて座ろうと、縁に片膝を乗せる。そこでふと、子供を見た。

痩せて、骨と皮ばかりの子供。首の筋と鎖骨と、あばらも目で数えられるほどなのに、その胸にはほんの薄い肉が、まるくついているのが見えた。

ハルヒヤは勢いよく地面を踏みしめ、そのままナヅルへ近づいた。

背をあらかた拭き終えたらしいナヅルの、「こっち向いて」と子供に告げたその顎をがっしと摑む。

目を剝《む》いてナヅルがくぐもった非難の声を上げた。何、と言いたげな視線にハルヒヤは口を開く。

「何じゃねえだろ、この子、女じゃねえか」

ナヅルがきょとんと瞬きをした。手を離すと、事もなげに言った。

「うん。それが？」

こちらが間違っているのかと思うような平然とした態度で、ハルヒヤは一瞬流されかけた。しかし頭を振って気を取り直す。

「……女の子だろ。アヤリを呼んでくるから。昼日中に男の前で脱がせてるんじゃねえ。いいか、待ってろよ」

言い聞かせ、ハルヒヤは羽織を脱いで頭から子供に被せた。そのまま町へと走った。昼を過ぎて、アヤリの店も混雑は落ち着いた頃だ。親父さんにも頼んで、なんとか店を抜けてもらおう。考えながら、坂道を飛ぶように駆け下りた。

今日は具が切れたからもう店仕舞いをしたのだと、アヤリはあっさりと店から出てきてくれた。奥に見えるアヤリの父に頭を下げると、軽く手を振ってくれた。

友達が連れてきた女の子の世話をしてほしいという突拍子もない頼みに、アヤリはちょっと驚いたようだったけれど、すぐに頷いた。

「その子は何歳くらいなの？」

「あー……ものすごく、痩せてるんだ。あんまりいい暮らしはしてこなかったんだと思う。だからわかりづらいんだが……十二くらいに見えたな」

「そっか。旅のあとでしょう。まずは湯屋に連れていこうか。それで、背丈は？　わたしのお古でよければ、着物もいくらかあげられるよ。身支度のものも」

指を折って、アヤリがこれからすべきことを挙げていく。ハルヒヤはその姿に、強張《こわば》っていた背がほどけていくのを感じた。アヤリの隣にいると、どんなときでも、涼しい風がまっすぐに先へ通っていく気がする。安心して、勇気づけられて、心が満ちていくのだ。こんな相手を見つけられたことが、嬉しい。

「ハルヒヤ？」

「うん、ありがとう。助かる。まず行くか」

軽く指先に触れると、アヤリははにかんで、それでもそっと触れ返してきた。少し笑い合ってから、ナヅルの家へと向かう。

「ハルヒヤの友達、会えるの嬉しい。なんていうの？」

「ナヅル。こんな形で悪い、もう少し、ちゃんと紹介するつもりだった」

「いいよ。ずっと子供の頃からの友達なんでしょう？　どんな人？」

尋ねられて言葉に詰まった。ナヅルはどんな人なのだろう。

子供の頃のナヅルならいくらでも言える。無口で、表情に乏しく、外に出たがらず、皆と木登りはせず探検もしない。でもハルヒヤが手を引けば嫌がらないし、二人で遊ぶときは、雲の形がああ見えるどう見えると言い合い、おやつは並んで黙々と食べた。

今のナヅルを形容すると、どうなるのだろう。よく笑む？　無口？　よく喋《しゃべ》る？　先生とナヅルが重なる今、どこからをナヅルとしていいのか、線を引くところがわからない。

結局ハルヒヤは無難な言葉を選んだ。

「……ちょっと変わった奴だけど。いい奴だよ。絶対、悪い奴じゃない」

「そっか。仲良くしたいな」

「そうなると嬉しい」

それから、アヤリの早足に合わせて二人は歩き、坂を上った。

「こっち側あんまり来ないし、坂の上まで行くのは初めて」

「だよな。人もいないし」

「苑主様の区画整理でも、この辺りは放って置かれたもんね」

寂しいところ、とアヤリが呟いた。

少しアヤリを引き寄せて、そのまま離れの縁側に回った。

子供はハルヒヤの羽織を被ったまま、先刻と変わらない様子で座っていた。そこに寄り添うようにナヅルが縁側に座り、二人は少しずつ凭《もた》れ合っていた。男と子供というよりは、まるで迷子の子供同士が身を寄せ合っているようだった。

ナヅルは空を見ていた。雲を映していたその黒い目が、つうと宙をなぞって、ハルヒヤで止まった。

「ハルヒヤ」

言って、ナヅルが立ち上がる。そこでアヤリを見て、少し首を傾《かし》げた。

「その人が、アヤリさん？」

「初めまして、ナヅルさん。アヤリです」

アヤリが丁寧に頭を下げた。ナヅルが何度か瞬きをして、ハルヒヤとアヤリを見比べた。ハルヒヤは軽くアヤリの肩を抱き寄せる。それで二人の関係を察したのか、ナヅルが少しだけ目を見開いた。

だがすぐに口元に笑みを浮かべる。

「初めまして。ええと、突然すみません」

「いえ」

アヤリにひょいと頭を下げて、ナヅルは立ち上がり子供の肩に手をかけた。

子供はもぞりと動いて、羽織の下から顔を覗かせた。ナヅルが羽織を持ち上げると、着物は未だにはだけたままだった。えっ、と声を漏らしたアヤリと溜め息をついたハルヒヤに、子供は目もくれず、ただナヅルを見上げていた。ナヅルが着物を直して帯を締め直し、ゆっくりと立たせる。それから羽織をもう一度着せ直して、手を取って縁側から降りさせた。

ぼろぼろの履物に足を収め、ナヅルと手を繋いで、ゆっくりとこちらへ歩いてくる。アヤリは少しかがんで、子供と目を合わせた。

「初めまして」

子供はじっと、零れるような黒い瞳でアヤリを見つめたあと、またあの妙に品のある仕草で礼をした。

「じゃあ、よろしくお願いします。……正直、困ってたんです。おれが湯屋に連れていくわけにはいかないし、着物を買うにもこの子を一人にできないし」

ナヅルがアヤリに言う。アヤリはいいえ、とナヅルに応じたあと、子供に尋ねた。

「名前は？」

「ヤヒナ」

それに答えたのはナヅルだった。ハルヒヤは呆《あき》れて口を挟む。

「なんでお前が答えるんだよ」

「この子、口がきけないんだ」

ナヅルは子供の背をゆっくりとさすりながら答えた。驚いて固まったハルヒヤとアヤリに、微笑んで首を傾ける。子供は表情を少しも動かさず、ただまっすぐに二人を見上げている。

「喉が焼けて声が出ない。……あとは、普通の、女の子だよ」

ね、ヤヒナ。

そう呟いて、ナヅルがヤヒナの頭を撫《な》でる。ヤヒナは二人から視線を外してナヅルを見上げて、ふうっと表情を緩めて、ナヅルのてのひらに頭を少し傾けた。

近くの木から鳥が飛び立つ音がした。

ヤヒナをアヤリに託して二人を見送ったあと、ナヅルは今度は自分の体を拭き始めた。縁側に座って肩脱ぎになり、濡らした手ぬぐいを沿わせていく。

その隣にハルヒヤは腰を下ろした。

「で？」

「ん？」

「あの子、なんで連れてきたんだ」

「ああ、ハルヒヤってアデノに行ったこと、あるか？」

「ない」

「だよな。アデノは少し特殊だ。金を持ってる領苑だけど、苑内の半分以上の土地が花街《はなまち》で、女が色を売ってる金の一部を吸い上げて領苑が動いている」

一度絞った手ぬぐいで、今度は頭をざかざかと拭きながら、ナヅルが続けた。

「花街の女は花煙草をよく吸うから、抱えられてる花煙師もいる。おれも何年かごとに行ってた」

じゃあマキヨノにも来いよ、と言いかけたのを、ハルヒヤはぐっと呑んだ。

「ヤヒナは……その中でも一番豪華な花籠《はなかご》で、一番人気の女の下女をしてた」

それだけで、十分に胸が痛む境遇だった。普通なら外を駆け回っている歳《とし》で、ヤヒナは花籠に縛りつけられ、色と欲の中で働いていたのだ。

ナヅルの話はまだ続きそうだ。手ぬぐいを放ろうとしたナヅルを制して、ハルヒヤはそれを奪うとナヅルに向こうを向かせた。ナヅルは大人しく従い、晒《さら》された白い背中をハルヒヤは拭いていく。背骨のくぼみが綺麗に並んだ背中は、ヤヒナほどではないが、華奢だ。

「マキヨノと違って、アデノでは男が複数の妻を持つのが普通だ。苑主は妻と、それから……花籠の女を一人、特別に愛する。アデノの一番には、苑主の寵愛《ちょうあい》が無いとなれない。有数の金持ち領苑だ、苑内のお偉い奴らも他領苑の奴も、苑主の女の周りで金も権力も謀《はかりごと》も動く。……ヤヒナは、巻き込まれたんだ」

拭き終えたハルヒヤが肩を叩くと、ナヅルはありがとう、と呟いて着物を戻した。外に面して座り直し、膝を立てて頬杖を突く。

その目が一瞬空へ動いた。ハルヒヤもつられて見たが、何もない。薄い色の空があるだけだ。そうしているうちにナヅルが口を開く。

「……食事の毒味は、一番下っ端のヤヒナの仕事だった。ある日の食事に混ざっていた毒で喉をやられた。話せない女は花籠にいる意味がないから、って行き場をなくしていたから……放っておきたくなくて」

一度マキヨノで家を確認してから、迎えに行くって約束したんだ。そう言ってナヅルが笑った。

「迎えに行けてよかった」

その声に滲む心底の安堵を聞き取って、ハルヒヤはなんだか気が抜けた。ろくな準備もなく子供を一人引き取ってきたことを、少しくらいは咎《とが》めたほうがいいと思っていたのに、そんな気持ちもなくなるくらいのやわらかな声だった。

「……そうか。よかったな」

「うん」

ハルヒヤも、つられてやわらかな気分になってくる。アヤリとヤヒナが戻ってくるまで、こうして何もせず座っているのもいいかと思った。だがナヅルは大きく息をついてから、立ち上がった。

「どうした？」

「ん？　仕事しなくちゃな。ありがたいことに、おれがいない間に結構溜まってたんだ。ほら」

そう言ってナヅルが室内を指さした。

見れば薄暗がりの座敷の真ん中に、いくらかの紙が小さな山になっていた。怪訝《けげん》な顔をしたハルヒヤに、ナヅルが何枚か取って戻ってくる。

「花煙草の注文。いない間、看板の下に木箱を括っておいたんだ。そこに入ってた」

一枚渡された。それは四角く折りたたんだ紙で、中におそらく銭が入っている感触がする。落ちないように開けるとやはりそれは銭で、さらに紙には差出人の名前と、注文らしきものが書かれていた。

「……煙り多、花は橘《たちばな》、箱一……」

「そうやって、前金と一緒に注文を受けるんだ。好みは一人一人違うから。初めて付き合う花煙師には、最初に五種五本を頼んで、少しずつ好みを相談していくものなんだけど……その人は最初からひと箱だ。嬉しいけど、もしかしたら、先生のお客なのかも」

ナヅルは笑うが、この面倒な注文がざっと二十はある。

また、先生を思い出した。昼も夜もなく離れに籠《こ》もり、指先に煙を絡めて花を紡《つむ》ぐ。花煙に満ちたひと間だけが自分の世界だとでもいうような。

ナヅルもそうするのだろうか。しんと戸を閉ざして、外なんて見もせずに。ハルヒヤを振り返りもせずに去った、あの夕暮れが蘇る。

ナヅルにとって自分が取るに足らないものなのだと思い知るのが怖い。

ああ。また恐怖か。自分が嫌になる。

ハルヒヤは無理に明るく声を出した。

「……あまり籠もりすぎるなよ。あの子の面倒も見るんだろう？　おれも、時間があるときは顔を見に来るからな」

「んん、無理しないでくれよ。ハルヒヤにもつとめがあるのに」

衛兵も大変だろう、とナヅルが言う。軽い口調のまま、彼は何気なく続けた。

「苑主と会ったりはするのか？」

「え？」

「衛兵なら、城に出入りすることもあるだろう」

「まさか。こんな下っ端は苑主様には会えないし、苑主様の周りは近衛兵《このえへい》が固めてる」

「へえ。そうか」

薄くナヅルの唇の端がめくれて、それが笑みだということに気づくのに、少し時間がかかった。

「……苑主様がどうかしたか？」

「いや。先代から継いで数年のうちに、他領苑でも名君と名を馳《は》せている苑主様が、気になるだけだ」

それだけ言って、ナヅルはくるりと背を向けてしまった。室内の陰と外の光の境目あたりに、こちらに背を向けて胡座《あぐら》をかいた。

積み上がった紙をひとつひとつ開き、銭を巾着に入れ、引っ張り出してきた帳面に書き写しながら、注文を整理している。ハルヒヤはしばらくそれを眺めていたが、やがて飽きて縁側に寝転がった。

紙の擦《こす》れる音を聞きながら、目を瞑る。夜のつとめの疲れはまだ抜けきっておらず、アヤリのもとまで走ったのもあって、ハルヒヤはあっという間に眠りに落ちた。


話し声でふと目が覚める。

離れの玄関のほうで、声がする。それはアヤリとナヅルのもので、アヤリはさっきのように直接裏に回らず、玄関から入ってきたようだ。それがアヤリらしいと思いながら、重い瞼を開けた。起き上がり、いつの間にか片足脱げていた履物の、もう片方も振り落として、中へと向かった。

ちょうど、ナヅルに迎え入れられ中にあがるところのアヤリと目が合った。アヤリがにこりと笑う。

「ハルヒヤ」

「お疲れ、アヤリ。ありがとう」

それに首を振り、アヤリはそっと傍《かたわ》らに立つ、ヤヒナの背を押した。

「ヤヒナ、おかえり」

ナヅルの優しい声に、ヤヒナはこくりと頷く。ハルヒヤの羽織の下は古いけれど清潔な着物になっていた。湯で汚れを落とし、丁寧に梳《す》かれたのだろう髪は、右耳の下辺りでひとつにまとめられていた。髪が除けられて晒された首は、やはり細い。

……下っ端とはいえアデノ領苑一の花籠で働いていて、あそこまで痩せるだろうか。ハルヒヤは眉をひそめたが、ひどく丁寧にヤヒナの頭を撫でるナヅルを見ていると、何も言えなくなる。

なんだか二人が触れ合っているところを見ると胸が詰まる。目をそらし、ハルヒヤはアヤリが右手に提《さ》げている風呂敷を受け取った。

「あ、ありがとう」

「着物か？　これ」

「うん。お古だけど、多分丈《たけ》は大丈夫なはず」

「ありがとうございます、アヤリさん。何から何まで」

アヤリはいいえ、と首を振り、そろそろお暇《いとま》しますと口にした。

「もう日が暮れるし。ハルヒヤはもう少しいる？」

「いや、一緒に帰ろう」

縁側にとって返して履物を持ってきて、玄関でアヤリと並び立った。

「じゃあ、ナヅル」

「うん。ハルヒヤもありがとう。これ、お金」

　頷いたナヅルが、するりとハルヒヤの懐に手を突っ込んだ。くすぐったさに変な声が出て、アヤリがそれに小さく笑った。

「お前、ひと言あっていいだろ」

「はは、悪い。……じゃあ、また。待ってる」

「ああ。しばらく来れないと思うけど、しっかりな。何かあったら町に来いよ。おれの家、覚えてるだろ」

「もちろん。……あっごめん。ヤヒナ、ほら、ハルヒヤの羽織返して」

　ナヅルが促したが、アヤリがそれを止めた。

「あ、ヤヒナ、なんだかハルヒヤの羽織が気に入ったみたいで……ハルヒヤ」

　アヤリのうかがうような視線を受けて、ハルヒヤはヤヒナを見た。確かに、身丈も肩幅も合っていない羽織の胸元を、小さな骨が浮いた手でぎゅうと握っている。

「あー……結構傷《いた》んでるけど、それでよければ使っていいぞ」

　ナヅルは瞬きをして、ヤヒナとハルヒヤを見比べた。それから少し困ったように笑う。

「……ほんとごめん。なんなら、新しい羽織買ってくれ」

　しきりに頭を下げるナヅルに手を振って、ハルヒヤとアヤリは煙り洞をあとにした。

坂にさしかかる辺りで、アヤリがぽつりと呟いた。

「……ヤヒナの痩せ方が、すごく、普通じゃなくて……あの子、どんな生活してきたんだろう」

「アデノの出らしい。下働きの毒味で、喉をやられた……って、ナヅルが」

それを聞いて、アヤリが痛ましげに眉を寄せた。けれど言葉は発しない。自分の胸に刺さった痛みを、安易に言葉にできないのだ。そんな彼女の肩を引き寄せて、ハルヒヤはゆっくりと歩く。

「……アヤリが、よければだけど。おれがつとめで行けないとき、少しでいいから、気にかけてくれるか？　店もあるから、無理はしなくていいけど」

「お父さんに言ってみる。大丈夫、わたしもそうしたい。頼まれたからじゃなくて」

「ありがとう」

アヤリの柔らかな身体に触れて、ひたひたと優しいものが胸に満ちる。人がいないのをいいことに抱き寄せた力を強めれば、アヤリもそっと身を寄せてきた。

と、こつりと懐で何かが動いた。アヤリも気づいて、足を止め見上げてきた。

「あ、これ」

「あー、さっきナヅルが寄越したやつだ……湯屋代と着物の分だな」

「着物は別に、いいのに」

話しながら、懐から紙包みを取り出す。ほどいて、ころりと転がってきたそれが。

「えっ」

「き、んか？」

ハルヒヤのてのひらに収まる大きさの金貨が転がり出てきて、アヤリはぎょっと身を引きハルヒヤもおののいた。中堅の衛兵がひと月にもらう給金と大差ない額だ。古着や湯屋の対価としてぽんと出す金額ではない。

「か……花煙師って、お金持ちなんだね……でもこんなに受け取れないっ」

「いや、ナヅルがおかしい、こんな金簡単に寄越すなよ……」

ぼやきながらそろりと金貨を包み直した。

「日が落ちるまでは、両替処《りょうがえどころ》、開いてるだろ。寄って、替えてもらって、余分は返す。絶対返す」

「そうして」

こくこく頷くアヤリに頷き返した。ああでも、次に行けるのはいつだろう。明日からつとめが詰まっている。早いうちに行って文句のひとつでも言ってやろうと、ハルヒヤは溜め息をついた。

□

先生には雪がよく似合っていた。

ちらちらと雪が降る街道で、ナヅルの手を引き歩く先生にそう伝えると、先生は目を細めた。

「そうですか。わたしは雪が大嫌いなんですけどね。冷たくて、痛いだけだ」

先生は雪国の生まれだそうだ。長い冬、血のように赤い花以外は何もかもが真っ白になる村で、母親の命を犠牲にして生まれてきたのだと、教えてくれた。

「父親は産み月に、雪狼《ゆきおおかみ》に喰《く》われて死んだそうで。わたしは親の情を知りません。同じ村の大人は、わたしを愛する余裕などなかった。自分の子を愛した手で、わたしを打ち払いさえ、した。ね、きみと同じだ。……同じでしょう?」

同じ、だった。ナヅルに親はいたけれど、彼らはナヅルに情を向けることをしなかった。自分たちの住処《すみか》の片隅《かたすみ》にナヅルを置き、自分たちの食い物の端をナヅルに与えるだけだった。

親の情というのは、例えば、ハルヒヤの母がハルヒヤに向けるようなものをいうのだろう。転んだ傷があれば膝を突いて手を当て、いたずらをしたら尻を叩き、子やその友に与えるための温かい菓子を用意するような、そんな、やわらかさ。

どうしてこんなに違うのだろうと、何度も思った。ハルヒヤも自分も、頭があり手足がある。きちんと五指がそろった手がある。同じかたちをした生き物なのに、なぜハルヒヤは愛されて、自分は愛されないのだろう。

例えばこの手の、指の一本でも欠けていたなら、ハルヒヤと自分は違うからと、納得もできたのに。

「かわいそうに」

穏やかな声と共に、先生がナヅルを見下ろしてきた。

珍しいことに、その顔に表情はなかった。常に薄くまとっている笑みを消して、先生はただ、睫毛に雪のかけらを留まらせながら、もう一度呟いた。

「かわいそうに」

先生が灰になったあと。

先生と辿った道を、今度は一人で歩きながら——かわいそうなのは先生なのだと、唐突に気づいた。

灰は先生を焼いた領苑でそのまま撒き、骨の一部だけを、木箱の隅に忍ばせている。そうして一人で歩み始めて二度季節が巡った。風に撫でられ、花にくすぐられ、煙に遊び、そして人と語り女も知った。次の領苑を目指し歩いているさなかに、どこまでも青い空の下で、その感覚は突然訪れた。

——先生は哀《あわ》れだ。

先生の息が止まったときでも流れなかった涙が、今になって堰《せき》を切ったように溢《あふ》れ出した。涙が頰を濡らし、嗚咽《おえつ》も追いつかないような速さで流れ落ちていく。止まらない。止まらなかった。

ナヅルは仰《あお》のいて両手で顔を覆った。けれど目は見開いたままだった。

突風が袖を巻き上げながら吹き去っていく。咲き零れる花弁の幻影が四方を埋め尽くす。赤、青、紅、藤《ふじ》、白、橙《だいだい》、輪郭《りんかく》がぼやけて互いに滲み合い踊りくるう花弁の向こうにいるのは先生だ。先生は花の中で膝を折る。崩れ臥《ふ》す。死ぬ。死んだ。

たった独りで死んだ先生が哀れだ。

――先生のようには、ならない。

きっと同じ道を辿る。先生が言い残したように、あの日自分が感じたように、先生と自分は同じだ。乾いて渇いて、穴を埋めるのに花煙がいる。

自分は花煙師としての先生の姿を、影のように纏って歩く。煙に満たされなければ生きていけない。けれど。それでも。

先生のようにはならない。

・・・

肩を揺すられて目を開けた。

夢から地続きの胸の痛みに顔を歪めた。その頰を、小さな手がそうっと撫でていく。

ナヅルは目を細めた。

「ヤヒナ」

ヤヒナは、暗がりでも潤んで光るまるい瞳でじっとナヅルを見つめ、それから微笑んだ。

ナヅルも微笑み返す。

「ありがとう。大丈夫だ」

腕を伸ばし、ヤヒナの細い肩を抱き込む。胸の肌どうしを直接に合わせれば、痛みがその隙間に抜けていく心地がする。

吐息だけで、愛しているよ、と絞り出すと、ヤヒナもまた吐息で笑った。足が絡んできて、その細さに胸が詰まりながら、ナヅルも絡め返す。とくとくと血の通う肉を確かめる。

少し夜気が冷たくて、ナヅルは布団と、上掛け代わりの羽織を引っ張り上げた。それはハルヒヤのものだ。ヤヒナが、寝る前に持ってきたのだった。

「……そんなにハルヒヤが気に入った？」

彼女の頬を隠す長い髪を、掬《すく》い上げながら尋ねると、ヤヒナは目を細めながら頷いた。気持ちよさげに羽織に鼻先を埋めるから、ナヅルもつられて羽織の中に潜り込む。ふぅと鼻の奥に触れるのはハルヒヤのにおいだった。そのまま二人で額を合わせ、とろりと瞼を落とした。

細くて脆《もろ》い、けれど温かく脈打つヤヒナの肉を抱く。ハルヒヤの衣に埋もれ、ヤヒナに添う。それだけで、少し安心する。

先生と自分は違うのだと。

自分の命に対して無条件な愛情を知らない。無垢《むく》の自分を愛されるという感覚も、愛されなかった理由もわからない。それでも自分は、ヤヒナを愛せている。得られなかった愛と、失った人だけを抱きしめ続けた先生とは違って。

（最期まで僕を愛することをしなかった、貴方《あなた》と違って）

こうして腕に収まる愛情を、見つけている。

（先生）

貴方のようにはならない。

繰り返し胸の内で呟くその言葉が、まじないか、あるいは自分に言い聞かせているようだと——ナヅルは、気づかないふりをした。

三章

ぎぃぃ、ぎぃぃぃ、と軋《きし》んだ低い音が聞こえた気がして、ハルヒヤは瞬《まばた》きした。

あと三日で領苑《りょうえん》西側の警邏《けいら》は終わるものの、長いこと西ばかり見ていると疲れてくる。年上の相方も、次第に疲れを隠さなくなってきた。

「あー、疲れた。早く東に行きてえなあ」

ぼやく彼に相槌《あいづち》を打つ。特に大きな事件があったわけではないが、西側というだけでひどく疲弊するのだ。比較的整っている表通りと、入り組み淀《よど》んだ裏通りをぐるぐると回っているうちに、足下がおぼつかなくなっていくような心地がする。早く東か、苑城《えんじょう》周りのつとめに回りたかった。

「川を見たら昼休みです。さっさと終わらせましょう」

「最後、よりによって忌《い》み川《がわ》か……」

溜め息をついて相方が爪先を川へと向ける。ハルヒヤもそれに続いた。

マキヨノには、領苑の北端に峰《みね》を広げている山から流れ出る川が三本通っている。そのうちの二本は東にあり、水路を引いて人々の暮らしに清潔な水をもたらすが、西の川は違った。

小路を抜けて、細い土手路に出る。そこで相方がうっと顔をしかめた。

「間が悪い。舟が来ちまった」

遅れてハルヒヤも、上流へと顔を向けた。ぎぃぃ、ぎぃぃ、という音が、はっきりと耳を打った。

木舟が、ゆっくりと下ってくる。平たい形をして、並みの舟の倍はありそうな幅であるのに、中央に立って漕《こ》いでいるのはたった一人の男だ。黒く染めた笠《かさ》から黒い薄衣を垂らして顔を覆《おお》い、身につけるものすべてが黒い。

ぎぃい、ぎぃい、と近づくにつれ音が響く。

ハルヒヤは目をそらした。左手で、人差し指に中指を絡め、舟が行きすぎるのを待った。この苑《その》に暮らす者なら、暮らす場所が西だろうが東だろうが、皆知っているであろう、この舟に遭《あ》ったときのおまじないだ。

これは忌《い》み舟《ぶね》だ。三日に一度、この西の川を下っていく。この川はやがて領苑を出て、他領苑へ繋《つな》がる街道からも離れた荒れ地へと流れていく。忌み舟は、葬《ほうむ》り手がいないために川辺に置かれた死体を、その荒れ地へと連れていく舟だった。

忌み舟はずっと昔から存在する。けれど今となっては、川辺に放置される死体など滅多に無い。以前は忌み舟という名ではなく、正しい呼び名があったらしい。名が忘れられるくらいその意義が薄れ、ただ忌むべきものという認識だけが残ったまま、今日も忌み舟は下ってゆく。

「早く、無くなっちまえばいいのに」

ぽつりと相方が呟《つぶや》いた。

「今の苑主《えんしゅ》様の下で、そうそう奴らの仕事なんかねえよ。いらないものはやめねえと」

ハルヒヤは頷《うなず》いた。西とはいえ、路傍《ろぼう》に死人を転がさねばならないような野蛮《やばん》な時代は過ぎ、忌み舟の仕事はもう無い。その証《あかし》に舟は今日も空っぽだ。櫂《かい》を握る男以外、誰もいない。

その黒い背中は、ゆっくりと遠ざかっていった。なんとなくハルヒヤはそれを見送る。物珍しい気持ちもあった。ハルヒヤは東の出だし、忌み舟の出る時間はまちまちで、西側警邏でも出くわすことは稀《まれ》だった。小さくなってゆく真っ黒な後ろ姿は、なぜだか胸の底をぞわりとさせた。

おい、と相方に呼ばれ、ハルヒヤは我に返る。絡めていた指を解いてそのあとを追った。

何はともあれ、仕事だ。

夜回りの衛兵と交替して、苑城の近くにある衛兵本処《ほんどころ》に寄り、帰る頃にはとうに日が暮れている。灯《あか》りをともす茶屋のうち、赤い暖簾《のれん》を下げている店へ入った。一番奥の卓に座っていたアヤリが、ぱっと笑って立ち上がった。

「ハルヒヤ、お帰り」

「ただいま」

椅子《いす》を引いて、奥から出てきた娘に茶と餅《もち》を頼む。腰を落ち着けてから、改めてアヤリを見る。

「今日、ナヅルのところ行ってくれたんだろ。ありがとう。どうだった」

「うん、大丈夫。……では、ないかもしれないけど」

首を傾けて苦く笑ったアヤリが、頰《ほお》に一筋かかった髪を指先で払った。

「やっぱりナヅルさん、籠《こ》もる時間が長くなってる。……今日も、離れに錠《じょう》が下りてて。わたしが帰るときになって、やっと離れから出てきてくれた。煙の、においが、すごくて」

「飯は食ってたか?」

「饅頭《まんじゅう》、持っていったんだけどね。食べてもらえたかわからない」

それを聞いて溜め息をついたハルヒヤの前に、茶と餅が運ばれてきた。餅に黒蜜《みつ》をかけて、アヤリの前に押しやった。

「腹減ってるか？　これ、食べろよ」

「ん？　ありがと、もらう……」

アヤリが箸《はし》を持つ。見守りながらハルヒヤは茶を啜《すす》った。熱さが甘く喉《のど》を下りていく。

餅を一口小さく嚙《か》み、飲み込んでから、アヤリが呟いた。

「お腹《なか》がすかないんだって。煙で腹が膨れるって、どんな気持ちなんだろうね」

「……さあ……わからないな」

ハルヒヤはそう返すしかない。そもそも、喉と目が痛むあの煙をずっと吸い続けることだって、ハルヒヤには理解できないのだ。人の身によくないものなのだろうと、外《と》つ国《くに》の学者の教えが広まる前から思っていた。幼い頃は花煙草《はなたばこ》をふかす祖父を見て、大人になればあの煙が心地よくなるのかとも考えていたが、そんなことはなかった。

祖父は一番奥の間で、薄暗がりの中で花煙草を吸うことが多かった。薄闇《うすやみ》の中で、光かと思うほど白い煙が、尾を引いて空を泳ぐ。時折煙は、普段は人の目に見えない化け物の一部のように思えた。祖父の目には、化け物がはっきりと見えているのかもしれないと、不安になったものだった。

「ヤヒナは、食べてくれたよ」

アヤリの声で我に返った。

「でも、一度に食べられるのは半分だけみたい。あとは夜に、って残すの。でも子供なのに、あの量じゃ、絶対に足りない……」

はあ、とアヤリが溜め息をついた。

「そうか……ありがとうな、気にかけてくれて。店もあるのに」

「ううん。でも明日からはしばらく行けないと思う。大市があるから、店から離れられない」

「あと三日すればおれが行けるから大丈夫だ」

「うん。ナヅルさんにもそう言ってきた。次はハルヒヤが来るからって」

「さすが」

言って、ハルヒヤは感謝を込めてアヤリの頰を指先で撫《な》でた。首を傾けて、アヤリがほのかに笑う。

それから少し他愛もない会話をしているうちに、店の奥から娘が顔を出した。

「使えますよ」

その声かけに頷いて、ハルヒヤは立ち上がる。アヤリの隣に回って手を引くと、アヤリは目元を染めて立ち上がった。娘のあとについて、暗く狭い廊下へ進み、示された急な階段を、ぎしぎしと板を鳴らして進む。最後の段で、目の前の滑りの悪い戸を引き開ければ、その先は小さな灯りと布団だけの小間だ。アヤリを引き入れてから戸を閉め、それからハルヒヤはようやく、アヤリを力一杯に抱きしめた。

西でのつとめが明けた次の日、ハルヒヤは日が高くなり始めた頃に家を出た。

家を出るなり、普段の倍はありそうな人通りだった。月終わりの五日間は大市が開かれる。領苑の外から来る物売りがぎゅうぎゅうと路《みち》に品を広げ、その賑《にぎ》わいにあやかろうと茶屋も甘味処《かんみどころ》も店を出し売り子を出し、大賑わいだ。アヤリの店にも、すでに行列ができていた。ハルヒヤは袖《そで》がもつれ合うほどの人混みを避け、小路を縫《ぬ》って煙《けむ》り洞《うろ》へ行くことにした。

途中、ナヅルが寄越した金貨を替えた銭《ぜに》で、米と、野菜の切れ端を詰め込んだ袋をひとつ、それから芋《いも》をひと包み買った。離れは花煙草のためのひと間だけだが、母屋《おもや》には釜《かま》くらいあったはずだ。離れに錠なんか下ろしていたら、母屋ですべて突っ込んで煮ただけの飯を持って、縁側から押しかけてやろう。無理矢理口に突っ込んででも、食べるまでは、絶対に帰ってやらない。そう決めながら、ハルヒヤはずんずんと歩いた。

荷物を小脇に抱えたまま離れの戸に手をかけると、呆気《あっけ》なくそれは横へ滑った。驚いて少し動きを止めたあと、ハルヒヤは気を取り直して一歩踏み入れた。ちらりと戸を振り返ると、錠はただそこにぶら下がっているだけだった。

「ナヅル？　来たぞ」

呼びかけるが、玄関とひと間を隔《へだ》てる目の前の障子《しょうじ》は静まったままだ。声もしない。履物《はきもの》を脱いであがりこみ、その障子の真正面に立った。息を吸い、吐くと同時に障子を静かに引き開けた。

「ナヅル——」

うっ、と声が詰まる。

極薄の紫の紗《しゃ》を下ろしているようだった。障子の桟《さん》を越えて、その空気に鼻先が触れただけで、ぢりっと鼻の奥が焼けて、ハルヒヤは息を止めなければならなかった。

縁側の障子がぼやかす光が、部屋の中に灰色の影を生んでいる。そのせいで明暗が入り混じり、物の輪郭《りんかく》が滲《にじ》んでいるように思えた。中央の木箱は抽斗《ひきだし》が出しっぱなしで、座布団の周りには小さな壺《つぼ》、四つ足の天秤《てんびん》、音もなく回り続ける小さな水車のようなもの、木でできた半球、金物《かなもの》の匙《さじ》、木の棒、小皿、何に使うのかも知らないものが、散らかすだけ散らかしてあった。それぞれ細かな影が畳に模様を描いて、その隙間《すきま》を縫って、壺から煙が溢《あふ》れ続けている。壺の縁からつうと垂れる煙は床を這《は》い、天井を舐《な》め、閉め切った部屋の中をぐるぐると巡り続けていたようだった。ほどけた煙は宙に溶けて、部屋の中の空気を染め上げてしまっていた。

ごくほのかに紫に映る空気は花煙草の煙そのものだった。花の甘やかな匂いは消えて、ただ煙り草の痛みを伴う煙だけが、毒だけが、残っている。ハルヒヤは目にも痛みを感じ始め、止めた息を再開させることもできず、二歩後ずさった。

凝《こ》っていた空気が、その動きで掻《か》き回されたようだった。僅《わず》かな身動きだったにもかかわらず、煙が一気に動き出す。意志を持ちハルヒヤを呑《の》み込むかのように、開いた障子に向かってきた煙に、ハルヒヤは障子を全開にしたあとでぴたりとそれに背を預け、煙が外へと流れていくのを待った。

ほんの数呼吸の間だったが、ハルヒヤは身体《からだ》を強張《こわば》らせていた。そのことに気がついて、努めて身体から力を抜く。片手に抱えていた荷物を足下に下ろす。こんな、恐怖を感じるなんて、情けない。なぜこんなに怖いのか。

ハルヒヤは再び、そっと部屋へ向き直った。薄紫の紗は幻のように剝《は》がれて、空気は常の色を取り戻していた。部屋の中もはっきりと見えるようになり、ハルヒヤは部屋の隅《すみ》の、布団が盛り上がった小山をようやく見つけた。

静かに息をして、喉に感じる痛みが和《やわ》らいでいることを確かめ、ハルヒヤは歩き出す。足下に纏《まと》わりつく煙を蹴《け》り払いながら、数歩で辿《たど》り着いた。

常の空気には程遠い、煙に満たされたあんな空気の中で、こんなに穏やかな顔をして眠っているナヅルが、怖い。こいつの鼻は、喉は、目は、どうなってしまっているのだろう。痛みも毒も、感じなくなっているのだろうか。

壁側に身体を向けて寝ているナヅルの横顔を見下ろす。真横から見れば、そのまっすぐな睫毛《まつげ》が存外長いことがわかる。寝乱れた髪が頰にかかり、なめらかな肌に細やかな影を描いている。ゆっくりと寝息を立てているナヅルの枕元にしゃがみこんだ。剝がしてやろうと布団に手をかけたところで、摑《つか》んだものが、己《おのれ》の羽織だということに気がついた。動きが止まる。

ハルヒヤの羽織を口元まで引き上げたナヅルの寝顔は、ひどく緩んで安心しているように見えた。胸の奥が騒ぐ。

十年前、ハルヒヤに何も言葉を残さず去り、そして突然帰ってきたナヅル。多くを語らず、帰ってくるなりアデノへ行ったり、かと思えば仕事に没頭したり。ハルヒヤがナヅルを気にかける想いと、ナヅルがハルヒヤに向けるそれは、天秤に乗せたらハルヒヤの皿がすぐに傾くと思っていた。ハルヒヤばかりがナヅルを追っていると。

そうではないと思っていいのだろうか。ナヅルの皿にも少しは想いが乗っていると、信じていいのだろうか。ハルヒヤの羽織に埋もれる彼を見て、そう思った。

なんだか堪《たま》らなくて、ハルヒヤは指の背でそろりとナヅルの頰に触れた。ほのかなぬくみに安心する。もう少しこうしていたかった。

その手に、小さな手がそっと触れてきて、ハルヒヤは声も出ないくらいに驚いた。

飛び跳ねる鼓動を抑え、見ると、布団の小山からひょっこりと、ヤヒナが顔を出していた。

「……っヤヒナ、いたのか……」

どうにか掠《かす》れた声を絞り出すと、ヤヒナはこくりと頷く。そのまま静かに、ナヅルを起こさないように、そろそろと布団から抜け出してきた。傍《かたわ》らの体温を失っても、ナヅルは目覚める気配を見せない。

帯が緩み、ほとんどはだけそうな衿《えり》を片手でかき合わせながら、ヤヒナがゆっくりと立ち上がる。ハルヒヤはナヅルも起こそうと口を開いたが、またヤヒナがそっと肩に触れてきた。

ヤヒナが唇の前に人差し指を立てて、歯の隙間からしぃ、と息を漏《も》らす。そしてぺたぺたと、裸足《はだし》を鳴らして玄関へ向かうから、ハルヒヤもつられて立ち上がり部屋を出て、置きっ放しにしていた荷物を慌《あわ》てて拾い、ヤヒナのあとに続いた。

母屋へ入って、ヤヒナはどこかの部屋へすたすたと消えてしまった。取り残されたハルヒヤは、取り敢えず上がらず土間に立つ。どうにか引っ張り出した鍋《なべ》を、水瓶《みずがめ》の水で濡らした布で力任せに拭《ふ》いて汚れを落とす。鍋に米と水をぶちこみ、ついでに野菜の切れ端を突っ込んで火にかけた。芋を切るための包丁を探しているときに、身なりを整えたヤヒナが戻ってきた。

「おう、ヤヒナ。おはようさん」

ハルヒヤにヤヒナは頷きで応《こた》える。

「もしかして、台所をきちんとしてくれてるの、ヤヒナか？」

アヤリが顔を出せなくなって三日ほど。期待していなかったのだが、瓶の水は綺麗《きれい》で種火はきちんととってあった。

「ありがとうな」

そう言うと、ヤヒナはほのかに笑む。決して無表情な子ではないのだとわかった。むしろ声がない分、目が表情豊かだ。その証《あかし》に、ヤヒナは手早くたすきを掛けて、ハルヒヤの隣に立つとじっと見上げてきた。よけて、と言われている気がしてハルヒヤが場所を明け渡すと、ヤヒナは満足げに頷き、どこからか取り出した包丁で芋を切り鍋に塩を振り醬油《しょうゆ》を入れ、ぱこんと蓋《ふた》をした。あとは火が通るのを待つばかりだ。手早い作業に、ハルヒヤは手を叩いて褒《ほ》めた。

「すごいな、ヤヒナ」

そう言うとヤヒナはふふ、と息を漏らして笑う。隣に並び直したとき、ハルヒヤは、ヤヒナの身じろぎのたびに煙が匂うことに気がついた。染みついてしまったのだ。あの離れで。

そうだ。この子もナヅルと同じように、ハルヒヤには苦しくて息もできないような空気の中で、当たり前のように眠っていた。

「……ヤヒナ」

振り向いた、その真っ黒な瞳を見つめて、ハルヒヤは言葉を探した。

「……あのな。花煙草の煙は身体によくない。花籠《はなかご》ではどうなのか、おれはわからないが……マキヨノでは子供は絶対吸わないんだ。喉と胸とを傷《いた》める。だからヤヒナ、あまり、煙を吸い続けては駄目だ。ナヅルのそばにいてくれるのは、嬉《うれ》しいが、ヤヒナはもう花籠の下働きじゃないんだから……普通の子と同じように、外にも出ればいい。手習いとか、紹介するか？　ナヅルと一緒に離れに籠もってることは、ないんだからな」

ヤヒナは不思議そうに目を瞬かせた。その表情にハルヒヤは、なんだかぞくりとした。心底理解できないと言っている瞳だった。ハルヒヤはただヤヒナを見つめ返す。ヤヒナは目をそらさない。じっと、潤《うる》んだ黒い瞳の中に、ハルヒヤを捉《とら》え続ける。

この凍った時間を破ったのは、ナヅルの声だった。

「ヤヒナー？」

あくび混じりの声を上げ、戸を開けて現れたナヅルは、ぼさぼさの髪を掻き回した。

「あれ、ハルヒヤ。おはよう」

「いやもう昼だ。昨夜いつ寝たんだよ」

「わかんない……でも仕事終わったから。今日の夕方から順に引き取りが来るんだ、起きれてよかった」

そしてもうひとつあくびをする。ヤヒナがナヅルに駆け寄ると、口元を押さえていた手をそのままヤヒナの頭に乗せた。ゆっくりと撫でるナヅルは、優しい笑みを浮かべている。

「おはよう、ヤヒナ」

ヤヒナはそれを聞いて目を細める。

ハルヒヤは黙って見つめていた。文句のひとつでも言おうとしたのだが、この二人の隙間に何かをねじ込むことは、それが言葉だろうと許されないような気がした。二人の周りに、透明な糸でやわらかく編《あ》まれた繭《まゆ》がある。ハルヒヤはそれを引き裂けない。拳《こぶし》を握ったとき、ナヅルが顔を上げた。

「ん、なんかいい匂いがする」

そして火にかかっている鍋を見、ヤヒナを見てから、ハルヒヤに顔を向けた。

「買ってきてくれたのか？　ありがとう」

「……お前、アヤリが持ってきた饅頭、少しは食べたか？　アヤリ、ずっと気にしてたんだぞ」

するとナヅルは、困ったように笑った。

「ああ、もちろん。出られなくてごめん、アヤリさんに謝っておいて」

「錠まで下ろしやがって。あ、でもなんで今日は開けてたんだよ。寝るときは下ろせ。不用心だろう」

「……ん、気をつけるよ」

「あとこれ、返すから」

言って、金貨《かし》を崩した銭がじゃらじゃら入っている袋を懐《ふところ》から取り出し突きつけた。ナヅルは首を傾げた。

「いや、それ、お礼なんだけど」

「こんなに貰《もら》えるか」

「えー……じゃあ、アヤリさんが持ってきてくれた饅頭の分と、ハルヒヤが買う羽織の分、これから面倒見てもらうお礼で、全部持っておいてくれよ」

「お前な……」

呆《あき》れた顔を作りながら、二人を包んでいた繭が溶けたのを感じて、ハルヒヤはそっと安《あん》堵《ど》した。

それから三人で框《かまち》に腰掛け、ぽつぽつと他愛もないことを話していたが、ヤヒナが立ち上がったことで鍋が煮上がったのを知った。蓋を取り、湯気を顔に浴びながら鍋を搔き混ぜるヤヒナの隣にハルヒヤも立つ。

「どうだ？」

尋《たず》ねると、木匙に掬《すく》ってひと口差し出された。口に含み、ハルヒヤはああ、と顔をしかめた。

「美味《うま》いけど、おれ水入れすぎたな。ごめん」

「えっハルヒヤが作ったのか？」

「いや、味つけはヤヒナがやってくれた。よかったなナヅル、おれが作った適当飯を口に突っ込まれずに済んで」

「ヤヒナ、本当にありがとう」

頭の上で交わされる会話に、ヤヒナがふふっと息で笑う。ハルヒヤも笑い、ヤヒナの手から木匙を取るとひと掬いした。息を吹きかけ、ヤヒナの口元に差し出す。

「ほら。ヤヒナも。もっと食べないと。せっかく花籠を出たんだ、肉つけような」

ヤヒナはきょとんと目を見開いた。ナヅルとハルヒヤを交互に見てから、そろりと開いた唇に、ハルヒヤは優しく匙を押し込んだ。その唇がもぞもぞと動くのを見てから、ハルヒヤは今度はナヅルに匙を向けた。

「え?」

「え、じゃない。お前たちに食わせるために買ってきたんだ、この鍋空にしてもらおうか」

文句を言おうと開かれたナヅルの唇に匙をねじ込んだ。熱《あつ》、と上がった悲鳴ににやりと笑う。

「おれのは冷ましてくれないのか、馬鹿《ばか》」

「ヤヒナと同じようにしてもらえると思うな、大の男が」

つん、と袖を引かれてハルヒヤが見下ろすと、ヤヒナがためらいがちに、口を半開きにして見上げてくる。その様が餌《えさ》待ちの小鳥のように愛らしくて、ハルヒヤは笑み崩れるのを耐えつつまた鍋からひと口掬った。

　ナヅルとヤヒナに交互に匙を与えつつ、ヤヒナが腹をさすって首を振ったあとは、残りをナヅル一人で食べきるのは無理だと判断して、ハルヒヤも食べた。ナヅルは噛むのがひどく遅い。結局ハルヒヤがほとんど食べたのに、鍋が空になった頃にはナヅルも腹をさすっていた。

「あー……すごい、腹一杯だ。こんなにまともに食べたの、久しぶりだ」

　そう言うナヅルに顔をしかめる。

「あのなナヅル、飯はちゃんと食え。お前もだし、ヤヒナはまだ大きくなるんだから、しっかり食わせないといけないだろう」

「え？　……ああ、そうだな」

「手習いとかもどうだ？　お前と一緒にずっとここに籠もってるのも、毒だろう」

　その言葉に、ナヅルはちょっと笑った。

「いや……ヤヒナ、読み書きはできるんだ。下働きとはいえ花籠の女だから、ひと通りのことは習ってる。でも……ヤヒナ、行きたい？」

　そっと問われると、ヤヒナはほのかに笑んで首を横に振った。それからハルヒヤの袖をぎゅうと摑み、目を合わせてから笑顔のままで頭を下げる。断りと謝意を同時に伝えられて、ハルヒヤはヤヒナの表情の豊かさに感心した。

「……ヤヒナがいいなら。でも籠もりっぱなしは駄目だ。たまには町に下りてこいよ」

その長い髪を撫でながらそう言うと、ヤヒナは笑顔で頷いた。

それから三人で掃除をした。ある程度はナヅルが籠もっている間に、ヤヒナがしてくれていたが、細かいところは届かない。ナヅルの尻を蹴飛ばし雑巾《ぞうきん》がけをさせているうちに、ナヅルは息を切らし始めた。体力のなさをからかいながらハルヒヤもせっせと掃除し、汚くなった水を替えに外へ出て、戻ってくるときに、木立の隙間から、誰かがこちらへ歩いてくるのが見えた。

「ナヅル？　誰か来たぞ」

「ええ……？　あぁ、お客……」

床に座り込んでへばっているナヅルが、もう来たのか、と呟いた。衿が深く落ちて肩の骨が覗《のぞ》いているし、裾《すそ》は乱れて膝《ひざ》が露《あらわ》になっている。つうっと凹凸《おうとつ》に沿って汗が流れていくのが見えた。それを隠すように身なりを雑に直して、ナヅルは立ち上がった。

「じゃあ、おれ帰るか？」

「あ、いや、ハルヒヤに見てほしい」

その言葉にハルヒヤは首を傾げた。ナヅルがヤヒナに、持ってきて、と声をかける。それからハルヒヤに向き直り、にこりと笑った。

「おれの、ミシギの花煙草を」

『煙り洞』の戸を叩いたのは、一人の男だった。ミヤワと名乗った男の、青い絣《かすり》の着物は裾に傷みが見えて、さほど裕福な暮らしはしていないだろうことが窺《うかが》える。

「いらっしゃい」

そう言ってゆるりと微笑《ほほえ》むナヅルを、ハルヒヤは斜め後ろから見ていた。男がちらりとこちらを見る。

「そちらの方は？」

「すみません、お気になさらず。友人です」

言ってついと踵《きびす》を返し、ナヅルが障子を開けて男を中へと導く。男はハルヒヤを気にしながらあとに続き、ハルヒヤは最後に入って障子を閉めた。

日は傾きかけていて、障子を閉め切れば中は薄暗い。土間から持ってきた火でひとつ蠟《ろう》燭《そく》を灯《とも》したあと、奥にナヅルが座り、向き合って男が座る。ハルヒヤはナヅルの斜め後ろに腰を下ろした。楽にしてくれと言われたから、遠慮なく胡座《あぐら》をかく。

ナヅルの傍らには、ヤヒナが離れから持ってきたひと抱えもある布包みがあった。その中からひとつを探り、ナヅルが取り出した。

「ミヤワさん。煙り並、花は多く、陽《ひ》を好む。これですね」

ナヅルの手元を見て、ハルヒヤは驚いた。てのひらに収まる大きさの箱は、ごく薄い木の板を組んだものだが、各辺が鈍く光る金で飾られていた。留め金も繊細に組まれた銀線細工で、それひとつで店に並んでいそうな美しさだった。それを開き、ナヅルは中身を男に見せる。

「煙り草はすべて火で、五半。半のせた分、蜜《みつ》を足してある。花は陽を併《あわ》せたが、すこし陰を混ぜました。こちら試し。どうぞ」

言って、一本男へ差し出す。男はそれを受け取って咥《くわ》え、次いで差し出された蠟燭の火に顔を近づけた。火がついた瞬間、途端に煙の匂いが流れ出す。ハルヒヤは努めて息を浅くした。薄闇の中で男の顔がぼうと浮く。目を閉じてひと吸いし、男はゆるく瞼《まぶた》を上げた。

「……美しい煙だな」

花煙草の感想が、味でも匂いでもなく、「美しい」？　ハルヒヤは首を傾げかけたが、あくまで客の手前、動きを留めた。ナヅルが笑みを深める。もともと目鼻立ちが悪くない顔が、蠟燭ひとつの灯りだけで微笑めば、角度によってぞっとするほど美しく見える。けれどその顔が嫌で、ハルヒヤは目をそらしたくなった。さっきの、雑炊《ぞうすい》を口に突っ込まれているときのナヅルのほうが、よほどいい顔をしている。

「気に入ってもらえたなら何より」

「最高だ……さすがミシギ。昔、その名前の素晴らしい花煙師《かえんし》がいたと聞いて以来、もう一度マキヨノに来るのを、ずっと待っていたんだ」

「二代目だがな。どうぞごひいきに」

「もうマキヨノで花煙を売ってくれるのは、あんただけだ。これからもよろしく頼む」

男は真顔で頭を下げた。瞬きをしないその目がじっと虚空を見据え、唇だけが動く。

「マキヨノで生きていくにはもう、あんたに縋《すが》るしかない」

男は代金を払い、ひどく丁寧《ていねい》な手つきで花煙草の詰まった箱を懐に入れ、帰っていった。

ナヅルは見送りに立ったあと戻ってきて、とん、と開けっ放しの障子に凭《もた》れ、ハルヒヤに向かって薄く笑った。

「……どう?」

それが何の感想を求めた言葉なのかわからず、ハルヒヤは黙ったままだった。男が吸った花煙の残り香がまだある。痛みまではいかないが、鼻の奥を軽く突くような違和感。ナヅルはすっかり、花煙師の顔になっている。舌打ちをしそうになるのを堪《こら》えた。

「……綺麗な箱だったな」

「そこか？　まあ、綺麗だろう。小箱は細工師から仕入れてる。花煙草は匂いも味も煙の色も、箱まで気を遣っての作品なんだ。安い小袋に入れてお渡しなんかできないさ」

噴《ふ》き出し、呆れたようにナヅルは笑んだ。

そろそろ帰る、と言おうとしたとき、再び戸が叩かれる。ナヅルが出迎えた女には見覚えがあった。『煙り洞』の最初の客だ。女もハルヒヤを見て、二度の瞬きのあと軽く会釈をした。

「カヤエさん。どうぞ」

「ありがとうございます」

女は静かに膝を折る。向き合ったナヅルが再び袋から箱を取り出す。

「カヤエさんは、これですね。風の煙り草で八。かなり重い」

ナヅルの手の中で弄《もてあそ》ばれる箱は、さっきのものとは違い、艶《つや》のない黒で塗られていた。縁の飾りは蠟燭の灯りを映して白い。

「ただ重いだけでは面白くないから、とっておきの煙り草を混ぜた。数年おいたもので、かなりまろい味が出ている。それに、水の花三種と、花の煮汁で薄めた蜜。飾りつけに、香り水を含ませた花弁を砕いた粉。かなり複雑な構成にしたから、おれも楽しかったですよ……ま、試しにどうぞ」

女は紅《べに》を引いた唇を薄く開いた。心得たように、ナヅルが自ら吸って火をつけてやった花煙草を、その唇の隙間に押し込む。

女が目を閉じて煙を吸う。なぜ吸うときに目を閉じるのだろうと、ハルヒヤは思う。女は鼻から煙を吐き出した。女が花煙草を吸うのを直《じか》に見たのは初めてだった。ハルヒヤの周りにそんな女はいなかった。子がある女は身体に悪いものを身近に置かないし、若い女が花煙草を吸うのは下品だと戒《いまし》められる。確かにこうして見ると、顔の穴から煙を垂らす女は品がない。煙が広がった瞬間、重い痛みを鼻に感じた。さっきの男が吸ったものの比ではない。脳天にまで、鉛《なまり》が染みわたっていくような感覚がした。さっきナヅルは花がどうの蜜がどうのと説明していたが、ハルヒヤにはさっぱりわからなかった。わかるのはほのかな香りと確かな痛み、肉体が訴えてくる不調だけだ。ハルヒヤは息を止めてそっと顔を背けた。

女が花煙草を咥えたまま喋《しゃべ》る。

「……気持ちいい」

「そうか。よかった」

「ずっとこれで息をしていたいわ」

言って、女は懐から紙入れを出した。中から代金を出すかと思えば、それを丸ごと、ナヅルに差し出した。

「並物を相場で買って、半年はもつ分が入ってるわ。多少高くてもいい。全額分、あなたにお願いしたい、ミシギ」

ハルヒヤはぎょっと目を見開いたが、ナヅルは何でもないように受け取った。

「今回は初めてなので、差額は引いてあります。ずっとこの草を使うとなると、二割増しは覚悟いただきたい。なにぶん手持ちが少ないもので」

「構わないわ」

女はそう言って、立ち上がった。花煙草は咥えたままで、本当に離しがたいのだろう。受け取った木箱を大切に紫の布に包み、胸へ抱いた。

「ありがとう。この箱が切れたらまた来るわ」

「待ってますよ」

女を見送るのに、今度はハルヒヤもついていく。煙を吐きつつ遠ざかる女の後ろ姿を見ながら、ハルヒヤは呟いた。

「……悪いが、おれにはさっぱりだ。花の香りも甘みも感じない。まだ鼻が痛いし」

それを聞いてナヅルが、すこし眉尻を下げて微笑んだ。

「そうか。いや、仕方ない。それに多分ハルヒヤのほうが、普通なんだ」

「でもすごいと思う」

　継いだ言葉に、ナヅルが瞬きをした。

「二人とも、ナヅルの仕事に満足して帰った。職人として、すごいことだろう。十年、先生が死んでから、……八年か？　がんばったんだな、ナヅル」

　ナヅルはぽけ、と唇を半開きにした。ああ、その顔がいい。ミシギの薄い笑みを取っ払って、ナヅルに戻ってしまえばいい。

　呆《ほう》けたナヅルを横目に、ハルヒヤも履物を突っかけた。まだ西の空はほのかに明るい。灯りを持たなくても、走れば問題ないだろう。

　そう思ったが、脇からひょっと灯りが差し出された。ヤヒナが提灯《ちょうちん》を持った手を伸べて、首を傾げてにこりと笑う。

「ありがとう、ヤヒナ」

　頭を撫でて礼を言い、ハルヒヤは一度振り向いてナヅルに明日も来ると告げ、帰路についた。

　明日は大市の最終日だ。早く行ってナヅルを叩き起こし、ヤヒナを連れて、町に下りよう。なんでもいいから美味いものを二人の口に詰め込んでやる。ナヅルの、『ミシギ』の花煙草は、確かに素晴らしいのだろう。だが四六時中あの煙の中に閉じ籠もっているのは、駄目だ。

今日の客二人を思い出す。煙を吸い、身体の中で巡らせている間、あの目は何も見てはいないのだ。祖父と同じだ。身の内の煙だけに集中して、他のすべてを放棄している。あの煙の中に、二人を閉じ籠もらせては駄目だ。連れ出さなければ。

心に決めて、ハルヒヤは坂道を駆け下りた。

だが翌朝、意気込んで家を出ると、もうそこに二人がいた。

「は?」

「ああ、よかった、間違えてなかった。この辺りだったと思って来たんだ」

笑うナヅルと手を繋いだヤヒナがぺこりとお辞儀をする。拍子抜けしたハルヒヤは、取り敢えず「おはよう」と口にした。

「天秤がひとつ、いかれてしまった。長旅で壊れるのはよくあることだから、今市もやっているし、買ってしまおうと思って」

「……そうか」

「さて行くか。どこの路になんの店が出ているのかさっぱりだ。今日も引き取りがあるから、あんまり迷う時間がないんだ。ハルヒヤ、頼むよ」

「おれだってわからないぞ」

言いながら、ハルヒヤはヤヒナの空《あ》いている手を取った。ぴくっと動いた指先を握って、ごく自然に歩き出す。

「ハルヒヤ」

ナヅルが少し呆れたように名前を呼んだ。

「ヤヒナのこといくつだと思ってるんだ」

「あ?」

「十四だ。両手を引っ張らなきゃいけない歳《とし》じゃないぞ」

その言葉にハルヒヤは目を見開いた。ヤヒナは十四には、とても見えなかった。だが十四にもなればあまり男がべたべたと触っていい歳ではない。慌てて手を放そうとしたが、逆にヤヒナに、ぎゅうと握り返されてしまう。

ハルヒヤを見上げたヤヒナが嬉しそうに目を細めた。

「いいの、ヤヒナ。じゃあこのまま行こう」

あっさりとナヅルが言い、ハルヒヤは少し居心地が悪かったが、ヤヒナの手をそっと引いた。大路へ出てすぐ、父と母とそれぞれ手を繋いで笑う子供がいた。あれは微笑ましいが、ハルヒヤたちは端から見たらよくわからない絵面《えづら》だろうなと、そっと溜め息をついた。

だが、ちらりと見下ろしたヤヒナの、普段は青白いほどの頬がほのかに上気していたから、これでいいかと思った。ついでに見たナヅルも、笑っている。

天秤屋などいないだろうと思っていたが、覗き込んだ幾つ目かの小路で、天秤を含め細々《こまごま》とした道具を並べている商人がいた。嬉々《きき》としてナヅルがそれらを物色していく。そうして選んだ天秤を大事に抱え込んだため、帰り道はハルヒヤとヤヒナが手を繋ぐことになった。

何か食べさせてから帰そうと、ハルヒヤは土手へ向かった。河原《かわら》には子供たちが遊び、土手路には思ったとおり、様々な屋台が出ている。屋台の近くに並ぶ腰掛けのひとつに陣取って、ヤヒナを真ん中にして座り、団子と握り飯を買ってヤヒナに選ばせ、残りをナヅルと二人で分けた。

「いい天気だなあ」

ナヅルが団子をかじりながら、心地よさげに目を細める。ハルヒヤも頷いた。

「眠くなるな」

「そろそろ雨の季節になるから、このお天道様をたんと味わっておかないとな」

言ってヤヒナの頭を撫でるナヅルが、団子のひと玉をあむ、あむ、とふた口に分けてかじるのを呆れて見ながら、ハルヒヤは小ぶりな握り飯をふた口で片づけた。ヤヒナは嬉しそうに、団子をちまちまと噛んでいる。

しばらく三人、きらきらと光る川面《かわも》を眺めながら口を動かした。河原で転げ回る子供たちが、何が楽しいのか空を指さして笑う。少し年長の少年と少女が、ふと肩を近づけて笑い合った。いずれあの子らの親が迎えに来るだろう。それか、親が待つ家へと駆けて帰るのだ。温かい飯と笑顔があることを疑いもせずに。ハルヒヤはつい、笑みが零《こぼ》れる。

息を吸うと、水と土の匂いがする。少し水気が強いように感じた。やはりそろそろ雨の季節なのだ。衛兵には警邏が辛い時季だが、あの子らを守ることに繋がるつとめなのだと思えば、なんてことはない。

ふとナヅルを見た。

ナヅルは、半ば瞼を伏せて、ぼうと視線を下げて、宙へ彷徨《さまよ》わせていた。親指の先を下唇に這《は》わせている。睫毛の影が目元に落ち、むにりと形を歪めた唇から僅かに覗く歯の色が、妙に目についた。

「おい」

呼びかければ、ナヅルははっと瞬きをして、こちらに視線を寄越す。

「ん、なに」

「どうした、ぼうっとして」

「いや……何でもない。……少し花が吸いたくなった」

その答えにハルヒヤは眉を寄せる。それに気づかないように、ナヅルはつうっと視線を空へ滑らせて続けた。

「……物足りないんだ……」

「何がだよ」

いいや、とナヅルは首を振った。指を唇から離して、その手をヤヒナの頭へと乗せる。

「おなかはいっぱい？」

そう問われて、ヤヒナはこっくりと大きく頷いた。ナヅルは立ち上がり軽く裾を払うと、ハルヒヤに向き直った。

「よし。じゃあ今日はありがとう、ハルヒヤ。明日からはまたつとめが？」

「ああ。今度は南の苑門番だ。次の休みは……六日後だな」

「わかった」

「おれが行かない間も、しっかり飯食えよ」

「はいはい」

その生返事が信用ならず、ヤヒナに頼むぞ、と言えば笑って頷いてくれた。

「ヤヒナのほうがしっかりしてるな」

「なんだと」

笑いながら、ナヅルは天秤の包みを抱え、空いた手でヤヒナの手を取った。

「それじゃあ、ハルヒヤ。また」

「ああ」

ヤヒナの手を引いてゆっくりと歩いていくナヅルの後ろ姿をしばらく見送る。帯に締められた腰の細さは相変わらずだ。煙ばかり吸っているからああなのだ。煙で腹が膨れるわけはないのに。煙で人が生きていけるわけはないのに。

……ナヅルは、何が物足りなかったのだろう。今日は日が射していて、子供が笑っていて、団子と握り飯が美味《おい》しかった。ヤヒナも笑っていた。いい日だと思う。

この優しい空気を吸っているのに、花煙を欲する気持ちが、どうしてもわからない。

ハルヒヤはひとつ息を吐いてから立ち上がった。日が落ちる頃には市は畳まれている。アヤリに会って、それから明日に備えて早く眠ろう。子らの歓声に背を向けて、ハルヒヤは歩き出した。

□

初めて花煙を編んだのは、ミサラ領苑で、先生が起き上がることもできなくなった頃だった。

好きなようにやってご覧、と先生が布団に仰臥《ぎょうが》したまま言った。ずぅっとわたしの手を見てきたでしょう。やってご覧。

木箱を開き、ナヅルは言われたとおり、好きなようにやった。煙り草、花、花巻き。花煙草は、火をつけるまで正しく匂わない。僅かな匂いと、配分の知識、勘《かん》で、混ぜ合わせていく。棒と鉢が擦れる鈍い音。先生の息づかい。傍らで燃える蠟燭。ゆらりと壁で踊る影。そうしてできた一本を差し出すと、先生は火をつけることもせずに笑った。

「きみは鼻がいい。目もいい。よい感覚を持っている」

ひどく掠《かす》れた声で先生が言う。

「花煙草を、編み続ければ、その鼻はいずれ、お日様の匂いだけでは満足できなくなる。水の香だけでは満たされなくなる。軽やかで綺麗なものだけでは、寂しくて寂しくて堪らなくなる。胸の中が、虚《うつ》ろで……重く満たしてくれるものが欲しくなる」

先生の瞳がきろりと滑ってナヅルを捉えた。先生は、微笑んでいる。

「それでもきみは、花煙師になる？」

何を今更。

先生に手を引かれマキヨノを出たあの夕暮れから、ナヅルにはもう残っている道はない。

——なんでだっけ。

ふと疑問が胸を突く。なぜ自分にはこの道しかないのだろう。

ここを出ます、と先生が言ったあのとき、ナヅルはハルヒヤと遊んで帰ってきたばかりだった。手にはまだハルヒヤに握られた感触が残っていて、懐にはハルヒヤの母が持たせてくれた饅頭がふたつ、まだぬくもりを残して入っていた。

けれどナヅルはただ、はい、と答えたのだった。

「……かわいそうに」

先生が、また呟いた。

「わたしたちは似たもの同士だ。わたしはきみを憐《あわ》れまない。でも……きみの近くにいた大人が、わたしだったことを、わたしはかわいそうに思うよ」

布団の下で、先生は微《かす》かに身じろいだ。

「きみは……わたしとは違う何かを、見つけることができるでしょうか。わたしに、なかったものを……もし、見つけられなかったら……」

続きは、先生の寝息に溶けた。布団を丁寧に掛け直し、ナヅルは先生の白い面を見つめた。死が近いことを、嫌でも認めなければならないほど、先生は衰《おとろ》えていた。

もし、見つけられなかったら。

その言葉の続きをナヅルは知っていた。ミサラ領苑に来たばかりの頃。毒花を咥えた先生の横顔。青空と鳥の声。花の匂い。確かな予感。

——僕はきっと、いつか貴方《あなた》になる。

・・・

「ヤヒナ」

小さな細い手を引いて、ナヅルはゆっくりと坂を上る。ヤヒナのほうを見ることはせず、ゆっくりと言葉を紡《つむ》ぐ。

「ハルヒヤは、すごいだろう。明るい。あったかい。ハルヒヤの周りではきっと、すべてが正しく回って、正しく輝いて、正しい未来が、伸び上がっているんだ」

朝、ハルヒヤが出てくる前、彼の家から一人の女が出てきた。ナヅルとヤヒナを見て、軽い笑みで挨拶《あいさつ》を口にした中年の女は、ハルヒヤの母だった。ナヅルをナヅルだとはわからなかっただろう。ただの他人に、彼女は笑いかけ、おはようございます、と言った。

あれが、自分の股《また》から這《は》い出た別のいきものを、当たり前のように愛せる人間だ。

久々に見て、自分でも驚くほど息が詰まった。彼女の手のあたたかさは、ハルヒヤのためのものであったけれど、そのかけらはナヅルにも与えられた。いらっしゃいと頭を撫で、お食べとおやつをくれた。父母に置き去りにされてから先生の家に居着くまでの間、飯の世話までしてくれた。

――大丈夫よ。あなたのお母さん、すぐ見つかるからね。

優しい声だった。

彼女を見ていて、時折胸をよぎる問いがあった。

――ぼくは、ハルヒヤとおなじかたちをしている。

――頭があって、利く目鼻があって、手足があって、自由にからだをうごかせる。

――もしあなたの股から出てきたものが、ぼくだったら、あなたはぼくを愛してくれていましたか?

詮《せん》ないことだ。ナヅルは自嘲《じちょう》した。

あれを与えられたのがハルヒヤだという天のさだめは、何を問おうと揺らがない。

両親からの惜しみない愛と、成長し一人選び取った愛《いと》しい女と、それらを守るための誇《ほこ》れる仕事。すべて抱きしめて、ハルヒヤはひたすらにまっすぐだ。

「……ヤヒナ。『約束』を、捨てたくなったらそう言いな」

繫いだ手に力を込める。

「『約束』を捨てて……ハルヒヤを信じたくなったら。ハルヒヤの手を握りたくなったら、そう言って。おれは、ハルヒヤには、なれないから」

くん、と手を引かれ、ナヅルは足を止めた。次の瞬間、繫いだ手と胸元を引っ張られてつんのめり、睫毛が近づいたと思ったら、ヤヒナの唇がナヅルのそれに触れた。

離れ、息を触れさせながら、ヤヒナは微笑んだ。ゆっくりと首を横に振り、もう一度、やわく唇が触れ合う。小鳥の啄《ついば》みのようなくちづけを終えて、ヤヒナはそっと首を傾けた。

唇と吐息だけで言葉をつくる。

まってる。しんじてる。やくそく。

そう聴き取って、ナヅルはくしゃりと笑みを浮かべた。一度手を離し、指を絡めて繫ぎ直した。

ヤヒナが愛おしい。

大好きだよ、と囁《ささや》けば、ヤヒナは笑ってくれた。

四章

領苑《りょうえん》とその外を隔《へだ》てる苑門は東と南にある。各領苑で発行される通行証を検《あらた》め、商人・旅行者・移住者を分け、それぞれを各手続《てつづ》き処《どころ》まで流してやる。それと同時に、近隣領苑から人相書きが流れてきている罪人が紛《まぎ》れ込んでいないか、よからぬことを企《たくら》む輩《やから》がいないか、目を光らせる。時折ある暴力沙汰《ざた》を制圧するのも苑門番の役目だ。仕事は多いが、動き回らずに済むだけ、体力的には楽な仕事だ。

苑門番に回って三日。目も慣れてきて、次々にやってくる人々の通行証をさばいていたハルヒヤは、人の流れを逆走する人影をみとめてふと動きを止めた。大きいが軽そうな布包みを背に括《くく》りつけた二人組の商人が、来た道を引き返していく。ひどく苛立《いらだ》っている様子だった。

内心首を傾《かし》げたが、作業の手を止めるわけにはいかない。人の波がひと段落してしばしの休み時間になったとき、ハルヒヤは年配の衛兵を呼び止めた。

「あの、すみません。さっき帰った商人がいましたけど、あれなんですか？　通行証、不備ありましたか」

「ああいや、お前の間違いじゃないよ」

年配の衛兵は手をひらりと振る。

「彼ら、煙り草の行商人だ。この月から、煙り草をマキヨノに持ち込むには追加料がかかるってことを、知らなかったみてえだな。手続き処で知って、手持ちが無いって引き返した」

その言葉にハルヒヤはぎょっとした。

「おれも知らないいんですけど」

「そうだったか？　まあ商人手続き処につとめる奴以外は、あんまり関係ねえからな。そのほか、花煙草《はなたばこ》自体も追加料取ることになってる。これが馬鹿《ばか》高くてなあ、そんな金払ってまでマキヨノに持ち込んでくる商人なんて、ほとんどいねえだろうよ」

「……あ、禁花《きんか》の門……」

ぽつりと呟《つぶや》くと、年配の衛兵は片眉を上げた。

「金貨？　金貨がどうした」

「あ、いえ、すみません」

頭を下げて、ハルヒヤは持ち場へ戻った。

ほんの少し、胸がどくどくと不穏に跳ねている。そうだ。苑内での商売自体の禁止こそまだだが、花煙師《かえんし》の出入り禁止――禁花の門が閉まるのを機に、ナヅルは帰ってきたのだった。

……門が閉まるのは、あまりに静かだった。

ハルヒヤも、気づいていなかった。日付は知っていたし、そう、ナヅルがヤヒナを連れ帰ってきた数日後に、禁花の門は閉まったはずだ。それなのにハルヒヤも失念していた。

領苑の民に改めて通告することもせず。

これまで文化として根づいてきた花煙草への別れを、明確に告げることもなく。

そして、花煙師の出入り禁止に加えて、煙り草と花煙草そのものへの追加料のことを広く告知することもなく。

気づかぬうちに、声が上がる前に、静かだが確かに禁花の門が閉ざされていた。

ハルヒヤは唾《つば》を飲み込んだ。

ナヅルはきっと覚えていたし、気づいていた。けれどその日をハルヒヤに告げることなく静かに一人で迎えたのだろう。ハルヒヤがすっかり忘れた様子なのを咎《とが》めることもなく、禁花の門が閉まる音を、彼だけはきっと確かに聞いたのだ。

花煙草を受け継いでいく土壌を、マキヨノは断ち始めた。これからこの苑《その》で、花煙草は消えていく。花はゆるやかに枯れていく。

枯れゆく花の中でたった独り立つナヅルの姿が見えた気がして、ハルヒヤはゆっくりと、震える息を吐き出した。


堪《たま》らなくて、その日つとめが終わってすぐに煙《けむ》り洞《うろ》へと足を向けた。着替えていたら日が落ちてしまうから、衛兵本処《ほんどころ》に寄ることもなく、衛兵服の上に羽織を引っかけるだけで帰り支度を済ませて大路を駆ける。てんでちぐはぐな装いで戸を叩いたナヅルを、ヤヒナは目を真ん丸にして迎え入れた。

「ヤヒナ、変な時間にすまないな。ナヅルは?」

尋《たず》ねると、ヤヒナはやはり離れを指さす。土間からは鍋《なべ》の煮える匂いがして、ありがとう、とヤヒナの頭を撫《な》でてから、ハルヒヤは離れへ向かった。やはり錠《じょう》は下りていない。勝手に入りこみ障子《しょうじ》を開けると、ナヅルは煙にまみれてそこにいた。散らばった道具に気をつけながら、ナヅルの前まで進む。

「あれ、ハルヒヤ。しばらく来れないんじゃなかったか?　なんだその格好は」

「気にするな。……ナヅル、『禁花の門』……」

「ああ、閉まったな」

ことともなげに言って、ナヅルはふと薄く笑った。ことりと小首を傾げ、指の間に挟んでいた花煙草を口元へ運ぶ。

「きっと花煙草を吸わないほとんどの人が気づいていない。覚えていない。覚えている人も、声を上げる力はもう無い。苑主様《えんしゅ》には逆らえない。あんまりお見事で、笑えるな」

「……悪い」

「なんで謝るんだよ。ハルヒヤが謝ることなんてひとつも無い、覚えていない人たちも、ひとかけらだって悪くないんだ」

悪いのはおれたちだ。ナヅルはそう独《ひと》り言《ご》つ。意味がわからず、ハルヒヤは首を傾げた。

「何でだ。お前も悪くなんかないだろう」

「そうか？　ありがとう」

すう、と花煙草越しに息を吸ってから、ナヅルは少し呆《あき》れたように眉を寄せてハルヒヤを見上げた。

「……それを言いに、わざわざ、急に来てくれたのか？」

「どうしても、来たくなった」

「そうか。ふふ」

笑って、ナヅルはふと花煙草をハルヒヤに向けた。

「せっかくだから吸ってみるか？」

その先端から細く昇る煙が、鼻先をくすぐる。匂いは甘くやわらかだが、煙が鼻奥や目に染みた瞬間ぴりりと痛い。ナヅルの指先が器用に動いて、花煙草の吸い口をハルヒヤへくるりと向ける。先端が吐く煙が一瞬円を描いて消えた。ハルヒヤは首を振りかけて、けれど止めた。

屈《かが》み込んだハルヒヤを、ナヅルは驚いたように見つめた。その視線を受けながら、そろりと唇を開く。

唇で吸い口を挟むと、ナヅルの指先に甘くぶつかった。その先をためらってちらりとナヅルを見やってしまう。ナヅルは笑んで首を傾けた。

「そのまま吸うんだ。胸の奥が許すところまで深く」

どうしても鼻から吸ってしまう息を止めて、唇に力を込め、ハルヒヤは息を吸ってみた。だが煙が喉《のど》奥に触れてから、それ以上を吸い込めない。そのうち息が苦しくなって、ハルヒヤは唇を離してしまった。けほ、と咳《せ》き込んで、口に溜まっていた煙を吐き出す。

「……悪い」

「だから、ハルヒヤは悪くないって」

ナヅルは眉を寄せて笑って、吸い口を自分に向け直して吸った。ナヅルは深く、これが自分の呼吸だとでもいうように、吸ってみせる。唇を離し、煙を零《こぼ》しながらナヅルは言った。

「花煙を、吸えない人は絶対吸えないんだ。胸の奥を開けなくて、煙が口の中で留まって終わる。逆に吸える人は初めてのときから吸える。勝手に胸が開くんだ。花煙に埋めてほしくて」

つまり、とナヅルは薄く笑む。

「この世界には、吸える人と吸えない人がいる。花煙が必要な人と、そうでない人がいる。それだけのことだ」

その笑みを見ていたくなくて、ハルヒヤは目をそらしてしまった。

そらした目をそのまま畳に滑らせて、ハルヒヤは瞬《またた》きした。紙が二、三枚落ちていて、そこには見慣れた判が押されていた。領苑の、公式文書であるということを示す判だ。

「おい、ナヅル、あれ」

「ん？　……ああ、何日か前に来たやつだ」

ナヅルは立ち上がることを無精《ぶしょう》して、ごろりと寝そべって紙に手を届かせようとした。その手を軽く蹴《け》飛《と》ばして咎め、文句を聞き流しながら歩み寄って紙を拾う。内容に、ハルヒヤは目を瞠《みは》った。

「なんだこれは」

「『ミシギ』が広まりすぎて、この場所を知られた。ありがた迷惑ってこのことか？」

見ての通り、特別商《あきな》い料のお達しだよ。行儀悪く寝転がったまま花煙草を咥《くわ》え、ナヅルが言った。

「花煙草を商うなら金を払え。払えないのなら商売を認めない。まあ、気に入らない物を排除するときの、お上のいつものやり方かな」

「いつものって」

「他の領苑でも結構あることだ。マキヨノでは無いのか？」

「無い。苑主様が、こんな理不尽なことをしたことは無い」

そこに記された金額は目を疑うようなものだ。大路に店を出す大商人に課すような商売料がそこに書かれている。こんな寂しい場所で商う、たった一人の花煙師に対して突きつける額ではない。

ナヅルは吸いかけの花煙草を石皿の上に置いて、ハルヒヤの足下ににじり寄る。

「やっぱり、マキヨノの苑主様はご立派だな。民を守るためなら、こんなちっぽけな花煙師にだって容赦《ようしゃ》はしない。……一気に花煙草そのものを禁じなかったのも、こうなってみると、罠《わな》だったのかもしれないな。閉じ込めた花煙師を、じわじわ嬲《なぶ》って、縊《くび》るんだ」

その言葉尻には笑みが滲《にじ》んでいた。その色は嘲《あざけ》りに見えて、ハルヒヤはナヅルを見下ろす。

「なあ、ナヅル」

「ん？」

「……苑主様と知り合いなのか？」

「ええ？　なんでだよ」

「なんだか……前から、妙に、苑主様を知ったような……」

「衛兵のハルヒヤだって、苑主とは会ったことがないんだろう？　なんでおれが会えるんだよ」

「それはそうだが」

「ほら、ハルヒヤ。日が落ちるぞ」

言って、とん、とナヅルがハルヒヤの脛《すね》を抱え込み、拳《こぶし》を当ててくる。足下にじゃれる猫のようだ。痛くはないが、咄嗟《とっさ》の反応で足を引き抜き、ハルヒヤは溜め息をついた。

「……そうだな。ナヅルも飯の時間だろう。帰る」

「うん。今日はありがとうな」

「ヤヒナが作ってくれたんだ、しっかり食えよ」

「はいはい」

「また、アヤリにも来てくれるよう、頼んでおくから」

「……そんなに気を遣うなよ」

「いや。アヤリも、ヤヒナのことを気にかけている」

そう、じゃあよろしく。そう言ってナヅルは起き上がった。

「……金は大丈夫なのか」

問うたところで力にはなれないのに、そう口を衝《つ》いて出た。ナヅルはきょとんと瞬きをしたあと、ああ金ね、と呟いた。

「実は結構、おれは稼いでいる」

そういえば、とハルヒヤは、ぽんと金貨を差し出されたことを思い出した。

「商い料を取られた商人が商売を辞める理由を知ってるか?」

「……払えないからだろう」

「払えない分を客から取ろうとして、代金を急に吊り上げていく。それについていけない客が離れて、客がいなくなった商人が、勝手に商いを辞めるんだ。売る相手を失った商いほど虚《むな》しく悲しいものはない」

ナヅルが、ちろ、と舌先で唇を舐《な》めた。

「商い料を取られても、しばらくは代金を上げなくていいだけの金が、『ミシギ』にはある。……苑主様には悪いが、まだ花煙は絶やさない」

その声はひどく尖って挑発的だ。

やはりナヅルと苑主には何かがあるように思えてならない。だが追及してもきっと、無駄なのだろう。ハルヒヤは目を伏せ溜め息をついてから、じゃあ、と暇《いとま》の言葉を口にした。

「……次は三日後だ。布団でも、買ってくるか?」

「え、なんで」

ハルヒヤは目で部屋の隅《すみ》を示した。ぐちゃりと乱れた布団が敷きっぱなしになっている。一番上にあるのは、ハルヒヤがやった羽織だった。

「布団代わりにするには薄いだろう。雨の時季は冷える」

「ああ、いや……あれはあれでいいんだ。ヤヒナが気に入ってる」

やんわりと断って、ナヅルがぽんとハルヒヤの背を叩く。従って外へ向かえば、ヤヒナが提灯《ちょうちん》を持って待っていた。

「ヤヒナ。ありがとう」

受け取ったとき風が吹いた。夜の色になって冷たさを含んだ風が空気を押し流す。風に洗われ鋭くなった鼻の感覚に、ふうっと煙の匂いが入り込んできてハルヒヤは瞬きをした。風で揺れたヤヒナの髪から、煙の匂いが、驚くほど濃く昇ってきたのだ。

「……ヤヒナ。まだ離れでナヅルと一緒にいるのか」

ヤヒナはひとつ瞬きをして、首を傾げた。どうしてそんなこと言うの、と訊《き》かれた気がして、ハルヒヤはそっと頭を撫でる。

「花煙草の煙は身体《からだ》に良くないって、言ったろ。ここは花籠《はなかご》じゃない、子供は花煙草を吸わないし、煙にもあまり触れないほうがいい。……ナヅルと一緒にいてくれることは嬉《うれ》しいが、あまり煙を吸うな。あれは病《やまい》の素《もと》だ。喉や胸を病《や》むぞ」

その言葉に、ヤヒナはただ笑んで瞬きをした。


それから間を空けず煙り洞を訪れるつもりだったが、事情が変わった。

同輩《どうはい》が一人怪我をしてその穴埋めをしなければならなくなり、休みがなくなった。それに加えて、妙に忙しくなり始めた。特に移住者が多い。しかも幼子《おさなご》を連れた家族が目に見えて増えた。

「この子を綺麗《きれい》な空気で育てたいの」

首が据わったばかりの子を抱えた若い女は、そう言ってふんわり微笑《ほほえ》んだ。

「サイハラから来たんですけど、マキヨノは新しい苑主様になって、とても綺麗になったでしょう？　水も町並みも。花煙草もいずれなくなると聞きました。サイハラはまだ花煙草が多いし、恥ずかしい話、祖父母がとても吸うんです。あんな、害にしかならないものを。子供を健《すこ》やかに育てるにはマキヨノがいいって、色んな人から聞くんです」

通行証検《あらた》めの順番待ちで立ち話を始めた女たちの会話を、ハルヒヤは作業をしながら聞いていた。抱かれた子の頰《ほお》は白くまるく、この世のやわらかいものすべてを包んでいるようにふくふくとしていた。守らねば、と親でなくとも思うのだから、この若い母親の言うことももっともだ。少しの悪いものだって、このやわくて真新しい生きものに触れさせたくない。それはわかるが、こうも急に人が流れ込んでくると、受け容《い》れる方はてんてこ舞いだ。手続き処がひどく忙しいものだから、苑門番の衛兵にもその余波が及んだ。単純作業の手が足りないからと手伝いに駆り出され、進まない列への苛立ちを喧嘩《けんか》で発散した馬鹿共を捕らえ、手続き処周辺の見回りが増える。帰ればもうくたくたで、やっと回ってきた一日休みの日は寝て終わってしまった。そしてまたつとめが始まり、気づけば半月ほど、煙り洞から足が遠ざかっていた。

久々に昼過ぎにつとめを終え、ハルヒヤはのろのろと歩いていた。明日と明後日はまとめて休みだ。今日はアヤリと会ったら寝てしまって、それからナヅルのもとへ行こうと考えながら、あくびを嚙《か》み殺した。

早めに茶屋に着いて、店仕舞いをしているだろうアヤリを待つ。頰杖を突いてしばらくうとうとしていると、肩を叩かれた。

「ハルヒヤ」

「アヤリ。お疲れ」

「そっちこそお疲れ様」

言うが、アヤリの笑顔はどこかぎこちなかった。ハルヒヤは片眉を上げる。

「……どうした？」

向かいに座ったアヤリは少し言葉を探すように、視線を彷徨《さまよ》わせた。

「……うん。ナヅルさんのことでちょっとあったんだけど、ハルヒヤも疲れてるだろうから、今まで言わなかったんだけど……明日お休みでしょう？　今日言おうかなって、でも疲れてるならやっぱり」

「気にするな、何があった、言ってくれ」

まだ瞼《まぶた》に纏《まと》わりついていた眠気がすっと消える。身を乗り出すと、アヤリは髪を耳にかけながら、ゆっくりと口を開いた。

「ハルヒヤが忙しくなってから何回か、わたしがナヅルさんのところに行ったでしょう？」

「ああ。ありがとう、嬉しい」

忙しい合間に会った数回、ハルヒヤはアヤリからそれを伝えられていた。アヤリがナヅルのもとを訪れてくれたのは三回ほどで、それぞれ食べ物を届けてくれたはずだった。

「最初は、ハルヒヤのお休みが急になくなった日だったんだけど。その日は離れの錠が下りてなくて」

母屋《おもや》に声をかけてもヤヒナが出てこない。駄目元で離れに行ったら戸はあっさりと開いたが、物音ひとつしなかった。そろりと声をかけても応《こた》えはなく、アヤリはそっと、目の前の障子に手を掛け開いたという。

「そうしたらナヅルさんが、ヤヒナに、花煙草を吸わせてた」

アヤリが眉を寄せる。

「煙が痛くて、目をあんまり開けていられなかったの。咳も出て……あんなに煙が溢《あふ》れているの、見たことない。あんなの絶対、身体をおかしくしてしまう。目も喉も胸もやられてしまうよ。……その中で、後ろからヤヒナを抱きかかえて、ナヅルさんが、こう、花煙草をヤヒナの口に」

それを聞いてハルヒヤはかっと腹が熱くなった。

ヤヒナがナヅルに懐いて、ナヅルから離れず結果として煙を浴びてしまっているのならまだいい。ナヅルが自分から、あの花毒《かどく》の中にヤヒナを引きずり込んでいる? 幼い子供を毒にまみれさすようなことは、信じがたかった。守るべき子に毒を与えるとは何事だ。ナヅルはヤヒナを救い守るためにアデノから連れ出したのではなかったのか? 花煙草がずっと盛んであった昔だって、大人は子供から離れて吸うものだった。ハルヒヤの祖父のように。

「ねえ、ハルヒヤ。ナヅルさんが怖いよ」

ハルヒヤの友達なのに、こんなことを言って本当にごめん。アヤリはそう謝ったが、あとはもう堰《せき》を切ったように話し出した。

「離れに入ったわたしに気づいて、ナヅルさん、ひどく驚いた顔をした。ハルヒヤは、って訊かれて、仕事って答えて……そうしたら、そう、って、あとはこっちを見もしないの。ずうっとヤヒナに花煙草を与えてて、やめてくださいって言ったら、今度はヤヒナが首を振るの。うっとりしたみたいな目をして、それで、ナヅルさんに、……くちづけを」

がんと胸の奥を殴られたような心地がした。ハルヒヤは無意識に首を振るが、それでまた目が回ったような気持ちがする。

煙に満ちた離れを、ハルヒヤも見たことがある。薄紫の紗《しゃ》を下ろしたような妙な色。花の匂いが消えて、ただ毒だけが残った煙がゆるりと空間を巡る。普通なら呼吸もできないような空気の中で、平気な顔で息をするナヅル。障子越しの光は煙にぶつかって散らばり解け、すべての明暗が輪郭《りんかく》を失ってぼやけた座敷。その中にヤヒナがいる。ナヅルとヤヒナが二人で透明な繭《まゆ》にくるまって、何も寄せつけず、煙で身を守るように、そこにうずくまっている。

「今までずっとこんなことをしてたのかと思って」

アヤリは止まらなかった。

「それからはずっと離れに入れなかったの。いつも錠が下りていた。ナヅルさんは出てこなくて、ヤヒナは母屋にいたり、離れから出てきたり……ずっと煙の匂いが纏わりついてて。もしかしてずうっと、あんな煙の中であんなことをしているの？　あんな、死んでしまいそうな煙漬けで、そんなことをするためにナヅルさんはヤヒナを連れてきたの？　ヤヒナに訊いたの、ナヅルさんに嫌なことをされてないか。助けるから、教えてって。でもヤヒナは首を振るだけ。あの子笑ってるの……」

冷たい空気に首筋を撫でられてハルヒヤはぶるりと身震いした。だがすぐあとに、激しい雨音が耳を叩いて、ああ雨だと知る。雨の季節が来た。

雨の日、祖父は殊更《ことさら》よく花煙草を吸った。ハルヒヤの家の奥の間で、雨音と煙は共にあるものだった。あの離れでもそうなのだろうか。雨の紗と煙の紗が二重になって、二人を世界から切り離しくるみこんでしまう。誰の声も届かない。

「最後に行った日、ヤヒナが紙を見せて、その紙は多分ナヅルさんが書いたんだと思う。ハルヒヤはいつ、って……そのときはまだハルヒヤのお休みがわかってなかったから、わからないいって言った。それから、わたし、行ってない。……ごめん」

「謝ることない」

ハルヒヤはアヤリの手を握った。細くやわらかな手が冷えきっている。寒さとおそらく恐怖でだ。ハルヒヤにはそれがわかる。あの異常な花煙への恐怖は、理屈ではないのだ。自分の温度が移ればいいと思いながら、ハルヒヤの頭の中はナヅルでいっぱいだった。

ナヅル。ナヅル。

お前は何をしているんだ？

突然帰ってきて、ヤヒナを連れてきて、わけがわからないのに、ハルヒヤの前では昔の面影を見せたり屈託のない表情を晒《さら》して、でもその閉ざした離れの中では何をやっている？

禁花の門が閉まるマキヨノで、花煙師として、何をしに来た？

煙の中で背を向ける、その細い首を引っ摑《つか》んでこちらを向かせてしまいたい。壁に叩きつけてでも床に叩き伏せてでも、洗いざらい吐かせてしまいたい。

痛いよハルヒヤ、とアヤリの声が届いて、ハルヒヤははっと力を緩めた。二人で静かに、縋《すが》り合うように指を絡めた。

雨音が耳の中に響く。煙の幻が眼裏《まなうら》にちらつく。……今夜は、眠れるだろうか。


次の日も雨だった。

重い頭を振って、ハルヒヤは身支度を整える。雨除けの布を被《かぶ》り、ばしゃばしゃと水を蹴りながら煙り洞へ向かった。雨の日は木立の隙間《すきま》の闇《やみ》がいっそう重い。路《みち》にまで這《は》いずり出てきそうな黒を横目に、ハルヒヤは人っ子一人いない路を進んだ。

母屋に人の気配はない。離れへ進み、ハルヒヤは戸に手を掛ける。錠が下りていたら、縁側からでも乗り込むつもりだった。

だが戸は開いた。一歩踏み込めば、離れの中の空気すら冷たく濡れている。

「ナヅル」

応えはない。

妙に雨音が大きく聞こえる。濡れた足を着物に擦《こす》りつけて雑に拭《ぬぐ》い、ハルヒヤは框《かまち》に足をかける。息を止めて、ゆっくりと障子を開けた。

途端に雨音がぶつかってくる。縁側の障子が開いていた。こちらに背を向けて胡座《あぐら》をかくナヅルの髪の先が、僅《わず》かな光を透かして一瞬きらめいているように見えた。その身体の向こうで、ふうとひと筋、煙が立ちのぼっている。

「ナヅル」

もう一度声をかけると、ナヅルは首を捻《ひね》ってハルヒヤを目の端に捉《とら》えたようだった。その目がきゅう、と細くなる。

「ハルヒヤ」

ふっと雨が弱まった。さあさあと軽い耳鳴りのような音を聞きながらハルヒヤは一歩踏み出す。ナヅルの肩越しに、ヤヒナの小さな頭が見えた。

ハルヒヤはナヅルの隣にどっかと腰を下ろした。軒《のき》から垂れ落ちる水が膜のように外とこちらを隔てている。横を見る。ヤヒナはナヅルの膝《ひざ》にちょこんと収まっていた。豊かな睫毛《まつげ》に縁取られた目は閉ざされ、頭をナヅルの胸に預け、その薄い唇は、ナヅルの指に挟まれた花煙草を、咥えている。ナヅルがヤヒナの口を塞いでいるようにも見える。毒越しの呼吸を深くしながら、眠っているようだった。

「……なあ、何してるんだ?」

「雨の日は煙り草がいっそう美味《うま》い」

ナヅルがぽつりと呟いた。

「障子を閉めてるのが勿体《もったい》ないんだ。乾いた煙り草が水を取り戻して匂いが膨らむ。水の花を併《あわ》せたものなら最高だ」

「やめろ」

「水に沈んだ花の重さが胸にずんと響く。頭が痺《しび》れるほど美味い」

「ナヅル、やめろ」

てんで嚙み合わない会話を、ハルヒヤはナヅルの手を掴むことで断つ。

「危ないぞ。火傷《やけど》する」

先端の火が触れそうになって、ナヅルはやんわりとハルヒヤの手を片方の手で外そうとした。その手も強く握り込んで、ハルヒヤは繰り返した。

「……やめろ」

「どうして？」

「こんなことは、おかしい」

「そうかな」

「わかるだろう」

「はは。ごめんな。わからない」

言いながら、それでもナヅルはそっとヤヒナの唇から花煙草を外した。

「わからないんだ……」

「ならおれも、わからないよ、ナヅル、どうしてこんなことをしているんだ」

「約束なんだ」

「約束？」

「おれとヤヒナだけの、約束なんだ」

握り合っていた両手を解くと、ナヅルは梳《す》くようにヤヒナの髪を撫でた。ゆるりとヤヒナが目を開けたから、ハルヒヤはヤヒナが眠っていなかったことを知った。

「なあ」

「ん？」

「どうしてヤヒナをここに連れてきたんだ。どうして花籠から救ったはずなのに、煙の中に閉じ込めるんだ。……ナヅル、どうして、ここに帰ってきたんだ。多分花煙師には、絶対に、生きづらい苑なのに」

雨音がやわらかく耳を打つ。そのやわらかさに忍ばせるようにしてナヅルは答えた。

「おれがミシギだからだよ」

ハルヒヤは深く息を吸った。

「なあ。わからない。……おれは、ナヅルがどんな奴だったか、忘れてしまったかもしれない」

それに、ナヅルは薄く笑っただけだった。だが、ハルヒヤの次の言葉に、彼は表情を変えた。

「でもお前を、……嫌いたくないんだ。せめて、ヤヒナを、おれに預けてくれないか？」

「……は？」

鋭くなったナヅルの視線を、受け止めながらハルヒヤは言った。

「ヤヒナは子供だ。煙漬けの生活でいいわけがないんだ。お前は花煙師だから、仕方がないとも思える。でもヤヒナは駄目だ。毎日ここに通ってもいい。でも暮らすのは駄目だ」

一度唾を飲み込む。ナヅルは動かない。

「……昨夜眠りながら、ナヅルが先生のところに通ってた頃を思い出した。先生と一緒に暮らし始めた途端、ナヅルが遠くなってしまった気がした。子供が花煙に囲まれるのは、やっぱり、駄目なんだ。なあ、ナヅル」

ハルヒヤの言葉を止めたのは、ヤヒナのてのひらだった。

ハルヒヤの唇をてのひらで押さえ、ヤヒナは首を傾けて、肩口から長い髪を零しながら、ゆっくりと笑んだ。ひどく、艶《つや》めいた笑みだった。思わず息を止めたハルヒヤの前で、髪を流しながらヤヒナがナヅルへ首で向き直る。僅かに開いた薄い唇を、ナヅルのそれへ寄せ、やわらかな吐息と共に食《は》むようなくちづけをした。ナヅルは穏やかに目を細め、ゆるりとヤヒナの髪を撫でる。その手つきには確かに慈愛がこもっていた。ハルヒヤは耳鳴りがした気がしたが、それは雨音だったかも知れなかった。

堪らず、立ち上がる。雨音がする。耳鳴りがする。くちづけを解いた二人が抱き合ったままこちらを見上げる。二人の濡れた黒い瞳が、なんだろう、気持ちが悪い。吐き気が、する。

二人を包んだ透明な繭が忌《い》まわしい。引き裂いてやりたかった。裂いて、ナヅルのその細い手首を折れるまで握りしめて。畳に組み伏せて、やわらかな唇の間に指を突っ込んで、喉奥まで抉《えぐ》って、その身体に巡っている花煙を全部吐かせてやりたい。息ができないくらいに、その全部をめちゃくちゃにしたら、ナヅルはこちらへ戻ってくるのではないか。

こちらへ——二人で手を繋《つな》いでいた、あの頃のナヅルに——そこまで考えてハルヒヤは長く長く息を吐いた。自分がひどく凶暴になっているのを自覚した。

「ハルヒヤ」

ナヅルが目を細めた。なんだか悲しげな表情に見えた。

「おれたちはそんなに、『わからない』かな」

答えを見つけられなかった。何か言おうと思って、ひと言でも発したら自分の中の凶暴が爆発する気がした。ハルヒヤは黙ったままで、踵《きびす》を返した。ナヅルが視界から外れた瞬間、すっと身体の中が冷えた。

——ナヅルを、おれは、知っていただろうか？

そんな疑問が胸を突いた。

最後の記憶はもう十年も前で、互いに年端もいかない子供だった。彼がどんな人間だったかなんて、あんな幼い頃の記憶では、わかりやしないのだろうか。でも繋いだ手や、ぼうっと見上げた空や、分け合った菓子の味、先生の目を盗んで木箱を開ける高揚も、確かに覚えているのに。別れのときに感じた刺すような寂しさを、覚えているのに。

また会えて本当に嬉しいと、再会した日にナヅルは言った。その気持ちはハルヒヤの胸にも確かにあると、そう思っていたはずだった。けれどハルヒヤと共に過ごした年月以上に、先生と共にあり、そして『ミシギ』の名前を負って歩いたナヅルはもう、ハルヒヤの知るナヅルでは、ないのだろうか。

ナヅルとは、どんな人間だったっけ。

答えの見えない問いに胸を塞がれて息が苦しい。ナヅルがわからない。

そうだ。ハルヒヤにはそもそも、花煙を息として吸うその呼吸さえ、わからないのだ。

仕事が忙しく、天気が悪い日が続いているのは都合がよかった。ナヅルのもとへ行けない理由にも、行かない理由にも事欠かない。

アヤリに、もう煙り洞へは行かなくていいと言った。けれどアヤリは首を振った。ナヅルから渡された銭《ぜに》がまだ残っている。せめて食べ物だけでも届ける。そう言う彼女に、甘えている。五日に一度ほど、アヤリは米と野菜の包みを持って、煙り洞へ置いてきてくれた。さすがに声をかけることは、もうしないようだが。

雨の季節で、移住者の流れも穏やかになった。その代わりに、ハルヒヤは警邏《けいら》に回された。人が増えた南側の見回りの手が足りないのだ。雨続きで仕事が減った苑門番の代わりのように、警邏番は忙しかった。勝手を知らない人々が急に増え、揉《も》め事も増える。南側を駆け回る日々だった。

動き回る衛兵がいちいち雨除けの布を被るわけにもいかず、雨の日は兵帽を被る。額にかかる鍔《つば》が鬱陶《うっとう》しくて好きではないが仕方ない。強まってきた雨に、ハルヒヤは相方と共に軒へ駆け込み、兵帽を脱いで湿った髪を後ろへ掻《か》き上げた。

「嫌になるな、この雨」

「そうだな」

雨はひと月半ほど続く。あとひと月くらいは耐えなければならない。

「でも雨が明けたら明けたで、また苑門番が忙しくなるだろ。面倒なもんだ」

「でも、新しく人も増えたから、衛兵増やすらしいぞ。少しは楽になるだろう」

とりとめもない会話をしながら、このまま休憩にするかと言われ、ハルヒヤは頷《うなず》いた。

軒下を辿《たど》って詰《つ》め処《どころ》へ向かっている途中で、一人で歩いている男児を見つけた。歳《とし》は五つくらいだろうか。

「迷子か？」

「おれが行く」

ハルヒヤは兵帽を被り直して子供へと駆け寄った。雨が肩を打つ。雨脚《あまあし》は弱いとはいえ、子供がずっとこうしていたら身体が冷えてしまう。

「どうしたんだ」

子供の目の前でしゃがむと、子供はじっとハルヒヤを見上げた。ふくりと丸い頬がびしょびしょになっている。せめてと、ハルヒヤは自分の兵帽を被せた。

「……おかあさん」

「はぐれたのか？」

ううん、と子供は首を振る。兵帽がずり落ちそうになったのを、その小さなてのひらが押さえた。

「おかいものにいったの。まってる」

「なら、家の中で待っていないと」

それにも子供は首を振った。

「おむかえ。……じゃないとね、おかあさん、かえってこないかもしれない」

その不穏な言葉に、ハルヒヤは眉を寄せた。とにかくこの子を詰め処へ連れていこうと、抱き上げるために背に触れたとき、子供がぴょこんと跳ねた。

「おかあさん」

ああ来たか、と、ハルヒヤは振り返った。布を被った女がゆっくりと歩いてくる。子供を見て、ちょっと動きを止めた。

「どうしたの、外に出てきちゃって」

「おかあさん、おかえり」

「はいはい、ただいま。こんなに濡れて」

女は自分が被っていた布を取り、子供を包もうとする。そうして露《あらわ》になった顔に、ハルヒヤは何か見覚えがあるような気がした。子供が被っている兵帽を取った女がこちらを見る。

「すみません、ありがとうございました……」

女の声が途中で止まる。視線をうろつかせたあと、女は俯《うつむ》いた。その角度で、ハルヒヤははっと気づく。『ミシギ』の客だ。一番最初の、そしてハルヒヤの目の前で花煙草を受け取った女。名前は確か。

「……カヤエ、さん？」

そう問うと、向こうもこちらに気づいていたのか、そろりと目を上げた。諦《あきら》めたように溜め息をついて、子供を抱き上げた。

「どうも」

「……あなた、子供がいたのか」

「それが？」

見れば胸元に、見覚えのある紫の布が見えた。その中に花煙草を包んでいるのだと気づいて、ハルヒヤは顔を歪めた。

「……子供が心配していた。こんな幼子を放って花煙草なんか、買いに行くものではないだろう」

だって、とカヤエはついと視線をずらす。

「切らしてしまって。こんな雨の日が続いているのに、勿体ないわ」

「子供がいるのに吸うのか」

カヤエは布で包んだ子供をぎゅうと抱きしめた。

「悪い？」

その声には棘《とげ》もなく、ただ平坦だった。妙に苛立って、ハルヒヤは続けた。

「……悪いことではないのかもしれないが、子がかわいそうだ。花煙は害だとうに皆知っている。なぜ続ける？　花煙を吸う時間を子供にあててやればいい。吸い続けていればやがて、子の胸も冒《おか》すのが花煙だというのに」

胸にヤヒナの姿がよぎる。つい語気が荒くなるのを、自覚はしたが止められなかった。

カヤエの表情は動かない。紅《べに》を引いたその唇がぱかりと開く。

「わからない人にはわからないでしょうけど」

その色には聞き覚えがあって、ハルヒヤは息を止めた。ナヅルと同じ声色《こわいろ》だ。雨音の向こうからカヤエの声がする。ナヅルの声を感じる。

「胸の空っぽが花煙を求めるのです。子を育てて飯を炊《た》いて湯屋へ連れていって、老いて理性も品性も溶けたような親の面倒を見て。たまに静かにおかしくなっていく気分になる。同時に、正気だから苦しいのだとわかる。重い花煙は頭に響く。胸を満たす。気が落ち着く。煙が美味《おい》しい。なぜだか満たされる。穴が埋まっていく。まぐわうよりも気持ちがいい。この煙が胸病みの種の毒なら本望、このまま胸が冒されて静かに終わっていきたい。

安心する。何もない空気では物足りない。花毒が溶けた煙が欲しい。甘く美しい煙に埋めてほしい。……ええ、おかしいのでしょうね。この子がいるから、家族がいるから、わたしはマキヨノから離れられない。マキヨノはこれから綺麗な空気に満たされる。それを嫌がるわたしはおかしい。吸う息に何かが混ざっていないと落ち着かないわたしがおかしい。わかっています。わかっていますから、どうぞ放っておいてください。あなたたちに迷惑はかけません。吐く息が汚いというのなら棺《ひつぎ》の中に吐き出しましょう。子が哀《あわ》れ？……では、子を育てているうちは、わたしは寂しいままで、死ぬでしょうね。ええ、わたしが勝手に死ぬだけです。ですからもう、放っておいてください」

つるつると流れ出るカヤエの言葉は到底理解できなかった。けれどハルヒヤは、足を釘付けされたように動けなかった。表情ひとつ変えず続けられるカヤエの胸の内はひどく恐ろしかった。

カヤエは瞬きをして、つ、と上品な仕草で口元を押さえた。その仕草ひとつで、裕福な家で育ったろうことがわかるのに、なぜ彼女はこんなにおかしいのか。

「話しすぎましたね」

気づけば雨音の中に、子のすすり泣きがまざり込んでいた。カヤエは腕の中の子を揺すり上げる。そうしてひとつ頭を下げて歩き出す。すれ違いざまに兵帽を胸に押しつけられたが、ハルヒヤは受け取れなかった。ぱしゃりと兵帽が落ちる。

雨で冷え切った身体が動かせない。

花煙草を毒として求める気持ちがわからない。花煙草とはそもそも、香りと味を楽しんでいるのではないのか。そうして、文化として、馴染《なじ》んできたのではなかったか。その地には咲かない花を使った香りを、花煙師の技で煙に乗せて届けたからこそ、あらゆる領苑で愛されているのではないのか。

マキヨノは花煙を閉ざした。もうマキヨノから花煙草は生まれない。病を吐き散らす煙は無くなるべきだという苑主の考えは正しいと思う。子は守らねばならない。だが花煙を諦めきれない人は、だからこんな風におかしくなってしまったのか？　それは誰のせいだ？　月を欲しがる大人はいない。手が届かないから諦める。だが月のかけらが目の前に落ちるとなれば、諦めきれずそれを求めて手を伸ばす。月のかけらを落とす奴がいるから、苦しむのだ。

落としているのは誰だ？

思いつきたくない名前が、胸の中に浮かんで、ハルヒヤはしゃがみこんだ。

雨音がうるさい。

行きたくない。

……けれど、ナヅルを止められるとしたら、それは、自分しかいないだろうということが、なんとなくわかっていた。ハルヒヤの羽織にくるまって、安らかに寝息をたてていた横顔は、嘘《うそ》ではない。

それでも煙り洞へ行く心を決めるのに、半月かかった。前に行ってからもうひと月以上が経《た》っている。

雨こそ零れてこないが、雲が重く垂れ込めて空気は湿っている。水気を含んで重くなる袖《そで》を揺らし、ハルヒヤは煙り洞へ辿り着いた。

母屋を素通りするところで、からりとその戸が開いて驚いた。

「どうも」

ハルヒヤをみとめ、頭を下げたのは中年の男だった。胸に抱えている箱を見て、ハルヒヤはつい呼び止めた。

「あの」

「はい？」

「……なぜ花煙草を？」

男はきょとんと目を開いたが、答えてくれた。

「いや、ミシギが来たって友人から聞いて、ずっと来たかったんだ。花煙草好きならいっぺんは、彼の花煙草を吸ってみたい。その友もえらい褒《ほ》めていた、ミシギの花煙草は味と匂いが素晴らしい、たくさんの花が胸にかぐわしく広がって色さえ感じるのだと、わたしもつい我慢できなくなってな」

にこにこと語る男は、花煙草を吸うことを、本当に楽しみにしているようだ。

「花煙草がお好きで？」

「ああ。だが身体には悪いっていうから、苑主様の考えもあるし、最近やめてたんだがな。まあ最後の楽しみだ。じっくり味わうことにするさ」

そう言って笑う男はほがらかだ。楽しげに胸に抱いた箱を叩く。少し安心した。こんな、普通の客もいる。マキヨノの花煙草好きが、皆が皆おかしくなったわけではないのだ。

だが男は、ふっと眉をひそめた。

「あんたミシギの知り合いか？　……なんかあったのか？」

「え？」

「家の中、なんだかすごい様子だぞ。ミシギは気にするなって笑ってたがな」

その言葉にどくんと胸が不穏に跳ねる。男に礼を言って、ハルヒヤは母屋へ駆けた。戸を開き声もかけず障子を開けると、驚いたようにナヅルが振り返った。

「……ハルヒヤ?」

それには答えず、ハルヒヤは目を瞠った。

壁が一部剝がれ、障子にはいくつか穴が空き、一番端の畳は剝がされている。他の畳も汚れ、無理にはめ込んだのか、縁が浮いたり歪んだりしていた。明らかに、荒らされた跡だ。

「お前、これ、どうした……」

「え? ああ……いや、見たとおりだよ。この前賊《ぞく》に入られた。いやあ、びっくりした」

「怪我は」

思わずナヅルの腕を摑む。この細い胴と四肢《しし》をして、賊に組み敷かれたらひとたまりもない。見たところ怪我はないようだ。ナヅルはまた瞬きをして、少し笑った。

「平気だ。おれもヤヒナも離れにいた」

「離れまでは、来なかったのか?」

「うん。まあ命は目的じゃないだろうし」

それは賊の目的を知っているかのような口ぶりだ。ぎり、と手に力を込めると、ナヅルは痛いぞと眉尻を下げる。それからふ、と口の端に笑みを浮かべた。

「苑主はおれが、商い料を払い続けていることが気に食わないらしい」

「は……?」

「この短い間で三度も取り立てが来た。あの格好は苑主の近衛兵《このえへい》か? 前払ったと言ってもいいから払えの一点張りだ。金を渡してやったら、喜べばいいものを、嫌な顔をして帰っていく。賊は、おれがどこに金を隠しているのか、漁《あさ》りに来たんだ。あわよくば奪って、おれを一文なしにして、次の取り立てで商い料未払いで潰すつもりだったんだろう」

まったくお上品なやり方だ。そう嘲笑《ちょうしょう》するナヅルに、ハルヒヤはかっと頭に血が上った。

「ナヅル」

「ん?」

「お前は何を隠しているんだ」

名君と言われる苑主が、たかが花煙師一人にここまでするはずがない。花煙草を嫌うからといってこんな横暴があっていいわけがない。きっと、苑内に一人残った花煙師がミシギだから、ナヅルだから、こんなことになっている。

「苑主とどんな関係がある。お前はどうしてマキヨノに帰ってきた。ヤヒナを、どうするつもりなんだ。何がしたいんだ」

腕に力がこもるが、ナヅルは今度はそれを咎めなかった。それどころか、ハルヒヤから与えられる痛みが快《こころよ》いかのように、目を細めさえした。

また怒りが突き上げる。目の前の男を暴きたくて、自分の中の凶暴が、目を覚まそうとする。それを懸命に抑えながら、ハルヒヤはどうにか声を絞り出した。

「……うちに来い」

ナヅルが笑みを消してぱちりと瞬く。

「命が狙われてないなんて、わからないだろう。うちに来い。ナヅルとヤヒナくらい、暮らせる」

ナヅルは瞬きをしたその表情のまま、おそるおそるといったように口を開いた。

「……怒っているんじゃないのか」

「怒ってる」

「おれのこと、気持ち悪いんだろう?」

「……」

「おれのことが嫌いじゃないのか」

「嫌いじゃない」

それだけははっきりと言える。

「嫌いにはなれない。突き放すこともできない。だからこんなに腹が立つんだ。花煙師なんかやめてしまえって言いたい。これからのマキヨノに花煙師の居場所がないことくらい、お前、苑主様を知ってるお前なら、わかっていたんだろう。でも帰ってきた。会えて嬉しい、でも、わからない」

わからないから気味が悪い。その言葉をぐっと呑《の》み込んでから、ハルヒヤは続けた。

「わからないからって、放っておきたいわけじゃない。……ナヅル、うちに来い」

「……ハルヒヤの」

ナヅルがふと微笑んだ。

「ハルヒヤのお母さんの、握り飯は、美味かったな……」

それは諾《だく》かと、ハルヒヤは身を乗り出す。だがナヅルはふたつ呼吸を挟んで、ゆるやかに、首を振った。

「ありがとう。でもいいんだ」

「どうして」

つい声が荒くなる。ぎり、と手の中でナヅルの腕の骨が軋《きし》み、ナヅルはさすがに顔を歪めた。

力がこもって震えるハルヒヤの手に、そっと小さな手が触れた。

いつ入ってきたのか、ヤヒナが静かに首を振っていた。ハルヒヤの指を一本ずつ、爪の先でくすぐるようになぞる。ゆっくりと力が抜けたハルヒヤの手に、ヤヒナは自分の手を重ね、静かに笑って頭を下げた。ナヅルと同じだ。ハルヒヤへの感謝と、それから拒絶。ヤヒナはナヅルの胸にもたれるようにして二人の間に立った。ナヅルがその頭を、ゆるりと撫でる。

また透明な繭が、二人を包む。それに爪を立てて、引き裂いてやりたくて、ハルヒヤは息を吸った。

「……アヤリが来ても、出てこないんだってな」

それに、ナヅルは気まずげに目をそらした。胸元まで怒りがこみ上げてきて声が震えた。

「おれの心配も、アヤリの心配も、おれたちがしていることは全部、お前たちにとって、余計な世話か？　いらないものか？」

ナヅルがはっと顔を上げる。

「違う、ハルヒヤ、それは」

「おれのことなんて、お前は、……お前には、見えていないんだろうな」

これ以上この場にいたらどうにかなりそうだった。ハルヒヤは乱暴に畳を蹴って踵を返した。

「……ハルヒヤ」

静かなナヅルの声が追いかけてきたけれど、ハルヒヤは立ち止まらなかった。

最後のその声がふと、幼い頃迷子になったときのナヅルの声に聞こえたなんて、それはきっとハルヒヤの、勝手な願望だ。

今年は妙に雨の季節が長引いている。もう終わっていい頃なのに、青空が続くことはなく空気は乾く気配を見せない。

ハルヒヤはぼうっと、淀《よど》む雲を見上げた。夕陽《ゆうひ》の橙《だいだい》と雨雲の灰色がまだらになって、不気味な空だ。最後に聞いたナヅルの声が耳にこびりついていて、けれど足を向ける気にはなれない。今日の休みも無為《むい》に潰して、ハルヒヤはそろそろアヤリの店が閉まる時間だと、家を出た。

小路と大路の境目の青い暖簾《のれん》が、ちょうどしまわれるところだった。アヤリがこちらを見て手を振る。それに応えて手を上げ、そしてハルヒヤは目を瞠った。

アヤリの背後で、ヤヒナが、茶屋の塀《へい》に凭《もた》れて空を見上げている。ハルヒヤの視線を追ったアヤリが驚いて、ヤヒナ、と声を上げた。それでこちらに気づいたヤヒナが、向き直って丁寧《ていねい》に頭を下げた。

「どうした、ヤヒナ」

慌《あわ》てて駆け寄る。アヤリも暖簾を放り出して近づいてきた。

ヤヒナはひたりとハルヒヤに目を合わせて、再び静かに頭を下げる。

「ナヅルに何かあったのか？」

地面に膝を突いて目を合わせる。ヤヒナは首を振ったが、次にはハルヒヤの手を引っ張った。ハルヒヤのてのひらを上に向けさせて、指先で文字をなぞる。

——ナヅル。

「ナヅル？」

問うと頷いて、それからぺこりと頭を下げた。その後じっと、真っ黒な瞳でハルヒヤを見上げる。

ナヅルが、謝ってる——そう聴き取って、ハルヒヤは細く息を吐いた。

「……そうなのか？」

正しく伝わったことを喜ぶようにヤヒナは目を細め、二度頷いた。それからくい、とハルヒヤの手を引く。来てほしい、とでもいうように。

ハルヒヤは少し迷った。謝る、といっても、ナヅルが何を謝るのだろう。前は、一方的にハルヒヤが激昂《げっこう》しただけだ。会いに行かないのも、ハルヒヤの気持ちがまだ落ち着かないだけで。……こうして振り返ると、てんで子供の癇癪《かんしゃく》だ。段々腹立ちよりも気恥ずかしさを自覚して、ハルヒヤは頭を掻いた。

「……でもな、ヤヒナ」

呟く。

「ナヅルのこと、わからないのは本当なんだ。これからどうやってナヅルと付き合っていけばいいのか、おれにはさっぱりわからない」

ヤヒナに引かれた手を軽く握った。アヤリが後ろで、黙ってハルヒヤの声を聞いているのがわかる。

「一緒にいると、どうしたらいいのかわからなくなる。自分が凶暴になるのがわかる。前みたいに、勝手に怒ってしまうかもしれない。……それでもいいか?」

ヤヒナは微笑んで頷いた。その表情は、まるでずっと年上の女のそれだった。

アヤリがぽんとハルヒヤの背を叩いた。

「行っておいでよ」

「アヤリ」

「わたしもわからないし、ナヅルさんのことは怖い。……でも、わからないからって離れるんじゃなくて。話を、してみないと」

そう言うアヤリにハルヒヤは頷いた。ヤヒナに向き直る。

「……もう暗いし送っていく。行こう」

ヤヒナは嬉しそうに頷いて、足取り軽く歩き出した。

二人で手を繋いで歩く。雨除けの布を忘れたことを思い出して、雨が降らないことを願った。だが雲は黒い。夕陽の橙の縁取りが強く輝くから落ちてくるような黒さが際立って、いよいよ気味の悪い空だった。

「ヤヒナ」

声をかけると、ヤヒナはハルヒヤを仰いで促《うなが》すように首を傾げた。

「……ナヅルのことが好きか？」

その問いに、ヤヒナは一度ゆっくりと瞬きをして、それから零れるように微笑んだ。初恋をする乙女にも子を慈《いつく》しむ母にも見える、気持ちが溢れたような笑みだった。ヤヒナがナヅルを好く気持ちは本物なのだと、嫌でもわかるような。

坂を上り終える頃には日は沈み、薄い明るさを西に残すだけだった。木立から迫る闇からヤヒナを守る気持ちで、ハルヒヤは繋いだ手に力を込める。

ふと違和感がした。

足下で、妙に泥が踏み荒らされているのだ。目をこらせば、複数の足跡が散らばっているのがわかる。ぞわりと背中が寒くなった。なんだか、嫌な感じがする。

それはヤヒナも同じようだった。二人でどちらともなく足を速め、煙り洞が見えてきたところで、どんっと激しい音が耳に届いた。

制止する前にヤヒナが飛び出した。ハルヒヤも追ったが存外足が速く、追いつけない。離れの戸が開きっぱなしになっていて、奥から、怒声と物音が聞こえる。

「ヤヒナ、待て」

叫んだがヤヒナは聞かず、ハルヒヤが追いつく前に離れの中に飛び込んだ。

間を置かずハルヒヤも辿り着き、履物《はきもの》も脱がずに飛び込む。障子は蹴破られたように倒れていて、その中で、人影が交錯《こうさく》していた。男が一人いた。大男で、腕の筋肉の隆起が暗闇でもわかるほどだ。その下で暴れる細い影はナヅルだ。男の手で何かが光る。振りかざされたそれが刃物だとわかるとハルヒヤは叫びながら止めようとした。

男とナヅルの隙間に小さな影が入り込む。刃物が薄闇の中で描く軌跡《きせき》がずれる。ほんの一瞬だった。

男がぎくりと固まったあと、周囲に目を走らせ、縁側の障子を蹴倒して外へと逃げる。追えばいいのに、ハルヒヤにそれができなかったのは、ナヅルの腕の中へ崩れるように倒れたヤヒナの、そのあまりの、噴き出す血の多さが。

耳が痛むほどの静寂が続き、耳鳴りさえしてきたと思ったら、細かい雨が降り出していた。水の香が流れ込み、ハルヒヤはようやく自分が息をしていることを思い出す。

「……、……」

強張《こわば》った喉は、どの名前も呼べなかった。ただ掠《かす》れた息が漏《も》れた。

ナヅルはヤヒナを抱きしめていた。凍りついた身体をやっと動かして、その傍《かたわ》らに膝を突く。ナヅルはハルヒヤに気づいた様子もなかった。その唇が、震えるように動いているのを、ハルヒヤは見た。

「……ん、ごめん、ヤヒナ……」

ナヅルはぼうっと宙に視線を投げて、ヤヒナを掻き抱く。ぽろりと声が零れる。

「……ごめん。死なせてあげられなかった。ごめん。ごめん……」

ずっと呟いていたのかもしれない。どこまでヤヒナに聞こえていたかはもうわからない。血は流れるのをやめていた。

「……ヤヒナ。ごめん。死なせてしまった。ごめん……」

ハルヒヤはただ、ナヅルの肩に触れることしかできなかった。それにすらナヅルは反応しない。ただ静かに、ヤヒナに謝り続けていた。ヤヒナはもう動かなかった。

朝になって雨はやんだ。

衛兵に、届け出よう。やっと絞り出したハルヒヤの声に、ナヅルは首を振った。自分もヤヒナの血に濡れそぼったまま、片時も彼女の軀《むくろ》を離さず、ここに埋める、と呟いた。

ハルヒヤも、未《いま》だこれが現実だと感じられないまま、縁側から降りて土に穴を掘った。そこらにたてかけていた古い板で抉ったから時間がかかったが、雨でぬかるんでいたおかげで、昼には、痩《や》せた少女一人が入るくらいの穴ができた。

再び雨が降り出した。さあさあと耳を打つ雨音に、ナヅルが動く。抱きしめたヤヒナを穴まで連れていって、そっと、その中に痩軀《そうく》を横たえた。

ナヅルがそのまま動かないから、ハルヒヤはそっと手で土を掬《すく》った。ヤヒナの上にかけていくが、どこか薄い現実感とは裏腹に、人を埋めるというこの行為に、四肢の震えが止まらなかった。

ヤヒナが土の下に隠れていく。今にも目を開けて、苦しさにもがき出すのではないかと思うと、その顔に土を、かけられない。けれど土が鼻を覆っても、ヤヒナの目は開かなかった。そこにあるのは、ヤヒナのかたちの、肉なのだと。わかっても、手の震えは止まらない。

埋め終わった頃には雨は本降りになり、二人ともずぶ濡れで地べたに座り込んでいた。

それまで沈黙していたナヅルが、口を開く。

その唇が、知らない名前をかたどるのを、ハルヒヤはぼんやりと見ていた。

ハルヒヤは知りもしないけれど、きっとそれは、この苑の主《あるじ》の名前なのだろう。

□

アデノ領苑の夜はずっと、客呼びの鉦《かね》が鳴り響いている。花籠はどこも色とりどりの灯《あか》りを夜闇に浮かべて、華やかに飾られているけれど、その中でも特に絢爛《けんらん》な花籠がある。アデノの一番女、苑主の寵愛《ちょうあい》を受けた女がいる花籠だ。

一番女に気に入られ、ナヅルは定期的に花煙草をあつらえに来ていた。『ミシギ』となってまだ数年、先生ほどの稼ぎを出せていないナヅルにはありがたい仕事だ。今日も、鍵《かぎ》女《おんな》と呼ばれる花籠を管理する中年女に連れられ、女の嬌声《きょうせい》と楽の音に満ちた廊《ろう》を延々と歩いていた。真っ赤な壁と黒い床。至るところに飾られた花。男をひと夜の夢に引きずり堕《お》とすためだけの迷宮だ。そこかしこに酒気が漂って、歩いているだけで酔いそうだ。

少し外の空気に当たりたくなって、鍵女にそう告げると、勝手口を開けて裏へ連れ出してくれた。花籠で、男は一人で行動できない。鍵女に連れられてでも、冷たい夜風に当たれば少しだけ頭が冴《さ》えた。

そこで、ヤヒナに会った。

あまりに質素な着物に身を包み、勝手口のそばでうずくまるヤヒナを見て動かなくなったナヅルに、鍵女は怪訝《けげん》な顔をした。

……ああ、うちの『夜雛《やひな》』ですね。

……ヤヒナ？

……花籠は権謀術数《けんぼうじゅつすう》の坩堝《るつぼ》。一番女の命が狙われることなんて茶飯事《さはんじ》。食事に毒味は必須です。下働きの女の中で、それを担《にな》うのが『夜雛』。この花籠ではあの子がそうです。

……随分《ずいぶん》痩せている。幼い。

……あの子は面白いんですよ。物心ついた頃から夜雛だったせいか、どんな毒にあたっても死なない。毒にあたるたびに死んでは面倒なので、最近はずっとあの子に任せています。そら恐ろしいですけどね。一番女を殺すために盛られた毒を、どれだけ食っても死なないなんて。まるで化け物じゃないですか。

鍵女はそう言って、ぱんと手を打った。

……ほら、お客様だよ。おどき。

少女はゆるゆると立ち上がる。その棒のような手足と、目ばかりが大きい顔立ち。いつまでも、その黒目の光が頭から離れなかった。

滞在中、もう二回少女を見かけた。

花籠の中、入り組んだ廊の片隅にある、格子《こうし》に囲まれた房《ぼう》が少女に与えられた住処《すみか》だった。そこで膝を抱え、仕事で呼ばれるのをじっと待っていた。ナヅルが見つめていると、少女も気づいたように顔を上げた。吸いつくように目が合った。鍵女に急かされたナヅルが歩き出すまで、ずっと見つめ合っていた。

次は、ナヅルが花籠の上階から外を眺めていたときだ。鉦の音の隙間でふと聞こえた物音に、真下の裏路を見下ろすと、下働きで出入りする男数人と、ヤヒナがいた。男の足が少女の足を軽く払うだけで、細い身体は簡単に倒れた。

……化け物。化け物。

なんの毒でも死なぬ化け物。

男たちの声が、花籠の楽の隙間を縫《ぬ》って聞こえる。男たちは笑っていた。倒れ、腹を守ってうずくまる少女がナヅルを見た気がした。黒い瞳にぶつかった。細められた目は、笑っていたのだろうか。化け物と言われることに、もう慣れきって受け容れているようで、蹴られてもひとつの抵抗もしない。ナヅルは気づけば駆け出していた。驚いた鍵女に制止されても止まらない。少女のもとへ辿り着いたとき、男らはもういなくなっていた。

少女を助け起こす。少女はナヅルに向けて、ぱくぱくと口を動かした。声が出ないのだと知った。厨《くりや》から生臭い風が漂ってくる。女の笑い声。濡れた黒い瞳。下品な音楽。絶えない鉦の音。目眩《めまい》がするような灯り。暗い路で二人きりで薄闇に沈んだような錯覚。毒で死なぬ化け物。腕の中で息づく細い肉の身体。

化け物であるものか。

この柔らかな身体が化け物であるものか。

胸を衝く、やわくて痛い衝動に、ナヅルはどうしようもなくて、ただ少女を掻き抱いた。

……ああ、あれは口をきけません。毒味で血を吐いて三日のたうち回ってからずっと。

あれは、いつのことだったかしらねえ。

アデノを発つ朝、鍵女はそう答えた。ナヅルは、あれが欲しいと言った。鍵女は面白い冗談を聞いたかのように笑った。

……何をおっしゃる。あれはもう長くないですよ。死なないだけで、あちこち軀《からだ》がおかしい。何を食わせても骨と皮のまま、もう月のものも無いようですし。

構わない、と答えた。鍵女はひどく驚いたように目を見開いた。だが次の瞬間には、花籠の女を管理する冷徹な目をした。

……あれも、腐《くさ》っても花籠の女なので。もっていくなら金を出してもらわないと。

花籠の女などと、よく言ったものだ。化け物としか呼ばないくせに。売り物になるとわかれば金を取るためにいくらでも豹変《ひょうへん》する。ナヅルは軽く頷いた。金なら用意する。今は手持ちがないが次は必ず。

最後に少女に会いに行った。

夜の狂騒《きょうそう》と裏腹に朝の花籠はしんと静かで、あれだけ人の目を回すようだった真っ赤な壁も、滑稽《こっけい》な芝居小屋の装置に見える。その片隅で、格子越しに、房の中の少女に向かって手を伸ばす。

「きみは化け物なんかじゃない」

少女は、意味がわからないとでも言いたげにゆるりと首を傾げ、それでもナヅルに向かって手を伸ばした。

「周りと違うからって、他の人にはわからないからって、きみが化け物であるものか」

毒がなければ生きていけないのです。――そうして先生は独りで死んだ。花煙を編《あ》み続け、親しい者もおらず、崇拝《すうはい》と忌避《きひ》の目に囲まれ、愛する者には会えず、唯一共にあったナヅルには呪いだけを残して、独りで死んだ。

「迎えに来る」

触れ合った指先をきつく握り込んだ。

「約束だ。化け物と蔑《さげす》まれたままできみを独りで死なせたりはしない」

少女は目を見開いた。声を失ったその唇が動いた。

『わたしをころしてくれるの？』

転がり落ちた言葉は確かにナヅルの耳に届いた。一瞬息が止まる。少女の真っ黒な目は光を弾いて穢《けが》れなく光っていた。

『あなた、かえんし』

吐息だけの言葉に、ナヅルは頷いた。少女は首を傾げた。

『かえんのどくでわたしが、しんだら、わたしはひとになれる？』

毒で死なない化け物が毒で殺されたなら、それは化け物ではなく人である。……そんな悲しい証明しか、もうこの少女には残っていないのだ。

ナヅルは少女の、粗末な着物にも埋もれてしまうような全身を見て、それから、悲しいくらいに黒い瞳を見た。あまりに痩せた軀だった。喉を焼かれ胎《はら》を壊され、何度死ぬような苦痛を味わったのだろう。それでも、どんな毒でも死にきれず、生き延び続け、ついた呼び名は化け物。いつか死ぬ日を夢見ながら、毒の床から起き上がり続けた日々が、きっとこの瞳の中にある。

「そうだ」

ナヅルは絡めた指に力を込めた。

「おれの毒できみを殺してみせる」

それを聞いて少女は初めて笑顔を見せた。絡めた指を順に解いて小指だけを残し、それを愛《いと》しげに撫でながら、吐息で囁《ささや》いた。

――約束。

・・・

見つけたと思ったのだ。

先生とは違うもの。先生にはなくて自分にだけある、大切な愛おしいもの。先生にならないためのよすが。

縋り合うように交わした約束だった。ヤヒナを救う約束は、それ自体がナヅルを救っていた。

ヤヒナと自分の独りぼっちを重ねていたか?

ヤヒナを救うつもりで、それは自己満足ではなかったか？

先生の影から抜け出すためだけの、約束ではなかったか？

雨音がやまない。

ナヅルは外を見ていた。土を剝《む》き出しにした崖《がけ》、軒から流れ落ちる雨粒、一カ所だけ色の変わった地面。

頭の中で色々な文字が渦巻いているのを他人事《ひとごと》のように感じていた。問答も、言い訳も、記憶もすべて雨音に流れていく。

「……ごめん」

花煙に埋もれてヤヒナは嬉しそうだった。喉と胸を冒す毒を感じて、これがいつか己《おのれ》の鼓動を止めるのだと喜んでいた。ナヅルの花で死にゆくのだと、笑っていた。だがヤヒナは刃で貫かれて死んだ。いつか毒で死ぬことを、化け物でないことを証明して死ぬことを望んでいたヤヒナは、最期に、何を思っただろう。自分を化け物だと思ったまま、死んでしまっただろうか。

「……殺してあげられなかった。ひとに戻してあげられなかった。約束、守れなかった……」

膝が寒い。もうここにヤヒナを抱くことはない。あの細くて、脆《もろ》くて、あたたかい身体は、冷たくなって土の下だ。それが今のすべてだった。どうして？　誰が悪い？

「理由なんてないのですよ」

先生が耳元で囁いた。先生の花煙が鼻先をくすぐる。先生が好んだ、陰の花の匂いだった。

「こうなってしまったのを、誰のせいにもできないから」

後ろからつめたい手が伸びてくる。

頬を撫でられた。

「わたしたちには花煙しかなかったのです」

ナヅルは目を閉じた。

何かが、切れたのを自覚する。

眼裏にハルヒヤがいる。アヤリがいる。河原《かわら》で遊んでいた幼子がいる。澄《す》みきった陽光と水の香り、生まれてくる子と生きてゆく人々を祝福するための美しい空気。

ナヅルに息ができる場所なんてなかった。

五章

つとめを休むわけにはいかなかった。

ハルヒヤはその日しっかりと仕事へ出た。だが同輩《どうはい》に、友人の子が死んだ、友人が心配だから早く上がらせてほしいと頼んだ。ハルヒヤの顔色があまりに悪いことを心配した同輩らは皆頷《うなず》いてくれ、向こうひと月ほど、昼過ぎでつとめを上がる都合をつけてくれた。

アヤリには何も伝えていない。あの日以来アヤリを避けている。ヤヒナを土の下に埋めたことを、どう言えばいいのかわからなかった。

ヤヒナは賊《ぞく》に殺された。以前母屋《おもや》を荒らした賊は、今度は離れへ金を漁《あさ》りに入って、ナヅルと鉢合わせ揉《も》み合いになった。ナヅルの言うことが本当なら命を取るつもりはなく、振り上げた刃《やいば》も脅しのつもりだったのだろう。けれどナヅルを庇《かば》ったヤヒナの肉を刃が抉《えぐ》った。ヤヒナは、死んだ。

起きた出来事の整理はつくが、現実味がまるでない。あの暗い離れで縺《もつ》れ合う人影が、記憶の中で、どうしても厚みを持たなかった。

それに、と、ナヅルの言葉を思い出す。

あの賊が本当に、苑主《えんしゅ》の意向を受けて煙《けむ》り洞《うろ》を襲いに入ったのなら。結果的にではあれ、ヤヒナを殺したのは苑主ということにならないか。

詰《つ》め処《どころ》を出てハルヒヤは辺りを見回した。綺麗《きれい》な町並みと、整えられた路《みち》、やわらかな人々の声は、清《さや》かで美しい。この美しさは今の苑主が作り上げたものだ。この景色を守り、今の苑主を支えるために、ハルヒヤは衛兵になった。けれど。

自分の足下が揺らぎそうな錯覚に、ハルヒヤは拳《こぶし》を握りしめた。


煙り洞は今日も煙で溢《あふ》れている。

二日間、ナヅルは縁側を動かなかった。土の下のヤヒナを見ているのだとわかり、ハルヒヤにできることは何もなかった。

だが三日目、降り続いた雨がやむのと同時に、ナヅルは仕事を再開していた。障子《しょうじ》を閉め、蠟燭《ろうそく》を灯《とも》し、木箱と向き合ってただ花煙草《はなたばこ》を併《あわ》せていく。一心に花煙《かえん》を編《あ》み始めて、もう十日ほど経《た》つ。煙は障子の隙間《すきま》から漏《も》れ出し、離れ全体が煙っているように見えるほどだった。

「ナヅル」

名前を呼んでも、その目はこちらを向きはしない。かちゃかちゃと細かな音を立てて、天秤《てんびん》や石の皿、木の半球を使い、煙り草と花を併せていく。迷いの無い手つき、震えひとつ無い指先が、どんな繊細な作業も蝶《ちょう》結びの紐《ひも》を解くように軽やかに進めていく。その姿は美しいとさえ思った。美しい姿を、花の煙が覆《おお》っていく。

ハルヒヤがすることは、その流れるような作業がひと区切りついた瞬間を逃さずに、ナヅルの手を止めることだ。次の花煙草のために浮かせた手を握り込まれて、ナヅルはようやくハルヒヤを見る。ハルヒヤは目と喉《のど》の痛みを堪《こら》えながら、ナヅルの頬《ほお》をやわく摑《つか》んで口を開かせ、母屋の土間で作った雑炊《ぞうすい》を食べさせる。どろどろになるまで煮てやった米を匙《さじ》で舌の上に乗せて、それをナヅルが呑《の》み込むのをいつまでも待った。そうしないとナヅルは何も食べない。煙を吸うだけで、この薄い身体《からだ》が、生きていけるわけはないのだ。ナヅルまで死んでしまう。煙に満ちて光も影も曖昧《あいまい》な中、ナヅルにかける言葉を知らないハルヒヤは、とにかくナヅルを生かさねばと、それだけを考えていた。

ようやっとひと口呑み込んで、再び俯《うつむ》こうとするナヅルの顎《あご》をとらえて止める。無理にでも仰《あお》のかせ、口を開き、匙を差し込む。ナヅルは進んで食べようとはしないが、抵抗もしなかった。例えば今、ハルヒヤがナヅルの細い首筋を裂こうと嚙《か》みついても、何の反応もしないのだろうなと思った。

「……嚙みついてやろうか」

無意識に、ぽつりと呟《つぶや》いていた。

薄い肌にかじりついて、歯を立てて、身体が強張《こわば》るような痛みを与えて初めて、ナヅルはハルヒヤを見てくれる。そんな気がした。以前まで感じていた凶暴な衝動ではなく、それは、縋《すが》るような祈りだった。どうかこちらを見てくれと。

僅《わず》かにナヅルが目を細めたように見えた。

そこで、戸を叩く人の声がした。ハルヒヤは一度大きく息をしてから立ち上がる。

煙り洞の看板は、母屋から離れへ移った。客は直接こちらへやってくる。今日来たのは、いつか来たミヤワという男だった。

戸を開き、迎え入れたハルヒヤは眉を寄せた。ハルヒヤが煙り洞に通うようになってから、この男が来るのは二度目だ。前に渡してから五日も経っていない。

「……もう来たのか」

「足りないんだ」

苦いハルヒヤの声に、ミヤワは気にした風もなく答える。その目は暗く淀《よど》んでいて、なんだかぞっとした。

「ミヤワさん、いらっしゃい」

背後からナヅルの声が飛んできた。

客が来るとナヅルは、ぴんと切り替わったように面《おもて》を繕《つくろ》う。煙る座敷を背後に薄く笑むナヅルの顔は、先生にひどく似ていた。

「もう吸い終わったんですか」

「ああ、ミシギ。なんだかひどく、胸が渇くんだ。足りないんだ……」

「寂しいんですね」

ハルヒヤにはさっぱりわからない会話をしながら、ナヅルはミヤワを迎え入れた。そしてハルヒヤが入らないうちに障子を閉めた。

客と対面するとき、ナヅルはハルヒヤを座敷に入れなくなった。最初当たり前のように同席しようとしたハルヒヤを、ついと手で制したのだ。入らないでくれ、と。

ハルヒヤは客の帰りを障子に凭《もた》れて待つ。障子の外は煙が薄くて、いくらか呼吸が楽だった。大きく息をしながらハルヒヤは耳を澄《す》ませた。煙は物音を吸うが、それでも少しは聞こえてくる。

……寂しいんだ。胸が寂しくて仕方がない。寂しい、寂しい、寂しい……

途切れがちな声を聞きながら、ハルヒヤは、何が寂しいのだろうと思った。独り身なのか、親も子も無いのか。その寂しさは、煙で埋まるものなのだろうか。

やがて声は静まり、ナヅルのやわらかな声が何事かを語って、そして深い呼吸の音。中で一本吸ってから、小箱を受け取り、男は出てくる。入れ違いのようにハルヒヤは座敷へ踏み入れようとして、

「待って」

ナヅルに止められた。

「ハルヒヤ、まだ入らないほうがいい」

「……なんでだ?」

「……ちょっと、特別な草を混ぜた花煙草を、吸わせた。まだ煙が残ってる。……ハルヒヤが吸ったら、泣いてしまう、かも」

薄く笑んだ唇から紡《つむ》がれたその言葉にむっとして、知ったことかと踏み出しかけた。だがびくりと足が固まった。鼻先に、真新しい煙が触れた途端、身体が全身で拒絶したのだ。

嗅《か》ぎ慣れてしまった煙り草の匂い。仄《ほの》かに混ざる甘い花の匂い。その隙間に、異質な臭いが紛《まぎ》れ込んでいた。異質を感じ取った頭が、激しく警鐘《けいしょう》を鳴らしている。

この煙を吸ってはならない。

ハルヒヤは呆然《ぼうぜん》とナヅルを見つめた。

「ナヅル、何を」

「ん？」

「何を、混ぜたって？」

「……もう、いいかなって。今まで自重してたけど、もう……いいだろ。うつつの憂《う》さから逃れたくて、痛みを忘れたくて、花煙を欲してるなら……それをすぐに、叶えてあげられる花煙を編んだって、いいだろ、もう」

ナヅルは座敷の真ん中に立ち、落ちていた一本をつまみ上げると、ハルヒヤのほうを見ずに歌うように続けた。

……花は大輪の陽《ひ》に陰を散らして。その隙間に橘《たちばな》が香る。最初はつんとすがすがしく、吐き出す頃には、糸引くように甘く……煙の中に、快楽と忘我の魔を差し込む。嫌なことを忘れて、痛みを捨てて……そのまま、煙の中にたゆたったままで、眠りを。

毒の煙を薄い身体に纏《まと》わせながら、ナヅルはひとつ首を傾《かし》げて、微笑《ほほえ》んだ。

息が苦しい。ハルヒヤは踵《きびす》を返し、一度外へ出た。

花煙に慣れてしまった身体は、あんな毒でも受け容《い》れてしまうのか。平気な顔で立っていたナヅルを思い出す。恐ろしかった。自分と同じ肉体をもつ人だとは思えなかった。

西の空がうっすらと桃色に色づき始めている。そろそろ夕暮れが来るのだろう。風が冷たさを含んでハルヒヤの頬を撫《な》でた。町ではもう、皆家へと向かう時間だ。

だが、と、ハルヒヤは自分を奮《ふる》い立たせた。

雑炊は、まだ残っている。一日ひと椀《わん》食べさせるまでは帰らない。そうハルヒヤは決めたのだ。ナヅルを、生かすのだ。

離れへ歩き出し、だがふと空を仰ぐ。

煙の中でナヅルと二人きり、障子越しの光が移ろっていくのを見ていると、世界から取り残された気分になる。

ナヅルとヤヒナが過ごした時間も、もしかしたらこんな風だったのかもしれない。……いや、世界から取り残されたからこそ、二人は手を取り、煙の中で身を寄せ合ったのだろうか。

そうだとしたらあまりに悲しい。

ハルヒヤは痛む胸を押さえてから、今度こそ、ナヅルのいる離れへと向かった。

翌日顔を見せたのはカヤエだった。迎えたハルヒヤを見て、彼女は眉ひとつ動かさなかったが、すれ違いざまにこう言った。

「……貴方《あなた》、衛兵でしょう」

「……ああ」

「こんなところにいていいの」

領苑《りょうえん》の方針として花煙草を無くそうと動いているのに、苑主の手足たる衛兵が花煙師《かえんし》のもとにいていいのかと、もっともな問いだった。

ハルヒヤは一瞬ためらったが頷いた。

「……友なんだ」

「ミシギとあなたが？」

それにいや、と言いかけたとき、ナヅルが中からカヤエを呼び入れる。

「カヤエさん、どうぞ」

「ええ」

障子が閉ざされる。煙の中に身を埋めるような二人を見送ってから、ハルヒヤは口元を押さえた。

自分はナヅルの友だ。ミシギの、ではない。

だが花煙師のナヅルはミシギだ。

「……、勘弁してくれ」

誰に向けてでもなく、呟く。

自分はナヅルの友だ。それすら花煙の向こうにぼやけてしまったら、いよいよ、どうしたらいいのかわからなくなる。

カヤエを見送ってから、いつかすれ違った中年の男の客を思い出した。純粋に、有名な花煙師の花煙草を吸うことを楽しみに来てくれる客が、そういえばいない。ミヤワ、カヤエ、その他最近来る数人の客は皆、ただ静かに戸を叩き、水を求める魚のような切実さで、胸に小箱を抱えて帰っていく。

しばらく待ってから、ハルヒヤは中へ戻った。ナヅルはもう木箱に向き合い、指先に煙り草をつまんでいた。からからと、何に使うのかもわからない小さな車が回っている。

ナヅルの長い睫毛《まつげ》を見つめた。ナヅルを中心に煙が渦巻いて、人を巻き込み、ナヅルごと潰していく。……そんな、馬鹿《ばか》げた絵が思い浮かび、ハルヒヤは静かに目を閉じた。

警邏《けいら》で再びカヤエと会った。

子は連れていなかった。向こうはこちらをちらりと見ただけで、すれ違おうとする。近づいたとき、ふと煙が匂った。

毒でしかない煙が頭をよぎる。もしカヤエも、ミヤワが吸ったような毒煙を吸っているのだとしたら。

「……本当に、死んでしまうぞ」

ぽつりと呟いたが、カヤエは表情を変えず、唇をほとんど動かさずにこう返した。

「だから?」

さらに返す答えを、ハルヒヤは持っていない。

ハルヒヤは疲れていた。こちらを見ないナヅルと花煙に遊びながら薄く笑うミシギ、花の匂いと、毒の煙。二人きりで煙り洞に閉ざされて、ナヅルの口に匙を運びながら、ナヅルが、ミシギが他者を害する毒を編んでいるのを見続ける。祈るような気持ちで、その身体に痛みを与えてでもいい、こちらを見ろ、と願いながら。

疲れた。もう、駄目だ。

……やめさせなければならない。

ナヅルが編んでいるものはもう、華やかに匂って人々を楽しませる技ではなかった。きっとどこまでも人を堕《お》とす毒だ。間違っている。

ナヅルがやめれば、マキヨノで毒花はもう編まれない。カヤエもミヤワも、無いものは吸えない。月に手を伸ばしても届かないことを、大人なら皆知っているのだから。

ナヅルは、マキヨノに来てはいけなかった。

マキヨノに、いてはいけないのだ。

鉛《なまり》を呑んだように重い胸を抱えて、ハルヒヤは坂道を上る。同輩と昼上がりの都合をつけたのは、今日で最後だ。今日、いくら時間をかけてもいい、ナヅルに言わなければならない。

そんなことをしてはいけない。

ナヅルは、間違っていると。

じりじりと暑くなってきた。今日は天気が良く、背に陽光を直接受けて汗が滲《にじ》む。着物の袖《そで》で顎を拭《ぬぐ》いながら、ハルヒヤは煙り洞を目指した。

そして、今日が終わったら、アヤリのもとへ行こう。気まずくて、もう随分《ずいぶん》会ってもいない。ヤヒナのこともナヅルのことも、全部話そう。アヤリとなら、きっと進むことができる。頼りない自分の足も、もう一度、しっかりと地を踏むことができるだろう。

いつもなら、最初に入るのは母屋の土間だ。ひと椀分の雑炊を煮てから離れへ向かう。けれどハルヒヤは少し眉を寄せた。なんだか、いつもと違う気がして、土間へ向けかけた足を引いて離れへ向かった。気持ち早足になる。嫌な感じだ。離れの戸を引き開けて瞠目《どうもく》した。見覚えのある履物《はきもの》が揃《そろ》えて置かれている。アヤリのものだ。ハルヒヤはどくんと跳ねた鼓動を聞きながら、履物を蹴《け》り脱いで、引き裂くように障子を開けた。

「アヤリ――」

同時にがしゃん、と音がした。

着物がはだけて晒《さら》された足で、アヤリが木箱を蹴り倒した音だった。こちらに頭を向けて倒れたアヤリが、はっとハルヒヤを見上げた。髪は紐《ひも》が解けて乱れ畳に散らばり、その口と肩を押さえつけ、アヤリに馬乗りになっているナヅルは、乱れた前髪の隙間からハルヒヤを、見た。

目の前が真っ赤になった。

自分が何か吠《ほ》えたかもしれないが聞こえなかった。腹から突き上げてきたものを、自覚する余裕すらなかった。畳を踏み鳴らし、ナヅルの襟首《えりくび》を摑み引きずり上げた。そのまま思い切り畳へ叩きつける。衝撃で息を吐いたナヅルの呻《うめ》きと、アヤリの怯《おび》えた声が聞こえた。

「アヤリ」

アヤリを振り向いて、ハルヒヤはその傍《かたわ》らに膝《ひざ》を突いた。衿《えり》も乱れたその姿にまたかっと頭が燃える。

「アヤリ、大丈夫か、何も、されてないか」

「大丈夫、大丈夫だから、ハルヒヤ」

アヤリはそう言って笑ってみせたが、差し伸べてきた指は震えていた。その手を握りしめたあと、今度はナヅルへ向き直った。

ナヅルは、ハルヒヤが引いたせいで乱れた着物から、大きく素肌を覗《のぞ》かせたままで、口元を押さえていた。

「ナヅル」

その手を摑み、もう片方の手で後ろ頭を摑んで引っ張り、顔を上げさせる。

「何やってるんだ、お前」

怒鳴ることもできないほどの怒りが、ぶるぶると喉を震わせた。こんなに腹が熱くなるのだと、ハルヒヤは初めて知った。

「答えろ」

ナヅルは半ば瞼《まぶた》を伏せ、無理に仰のかされたせいで浮いた喉仏を、ひとつ上下させただけだった。青白い肌に、その動きは浮き立つように目立った。

上った血が、ゆるりと常の巡りを取り戻していく。ひとつ長く息を吐いて、ハルヒヤはナヅルを摑んだまま、今度はアヤリに問うた。

「……アヤリ、何をされた。どうして、ここにいるんだ」

「……だって」

アヤリの声が潤《うる》む。

「ハルヒヤ、あの日からずっとおかしいんだもの。ヤヒナをここまで送ってきてから、ずっと。わたしが何もわからないと思った？　ハルヒヤが教えてくれないことを、ハルヒヤが言ってくれるまで、黙って待っていると思った？　無理だよ、そんなの。絶対ここで、何かがあったんだと思って……来ても、声をかけても、ヤヒナがいないから。離れが、開いていたから……」

言ってアヤリは、衿をかき合わせた。ぽとりと、涙の粒が畳を叩く音がした。

「……悪かった。何も、……言えなくて」

確かにハルヒヤにも非がある。謝り、けれどハルヒヤはナヅルを摑んだ手を緩めなかった。

「それで。ナヅルに何をされた。何を言われた」

それに口を開いたのは、ナヅルだった。

閉ざされていた唇がぱかりと開いて、歯の向こうにぬらりと舌が持ち上がる。

「大嫌いだ。虫酸《むしず》が走る」

ナヅルはそう言った。理解できず、ハルヒヤは眉を寄せた。

「……は？」

「そこの女に言ったこと。ハルヒヤが、訊《き》いたんだろ」

ナヅルはひく、と喉を鳴らした。ひぃ、ひぃ、と断続して続いたその音が、笑っているのだと気づいたハルヒヤは、顔を強張らせ手を放した。

ナヅルの喉は、まだ音を立て続けている。初めて見る姿だった。ハルヒヤは初めて、ナヅルのことを怖いと思った。ナヅルに纏いつく先生の影ではなくて、花煙の中に生きる身体ではなくて、ナヅル自身のことを。

あまりに理解不能で、怖いと。

「……はは。は。なあ、ハルヒヤ。おれ、その女を見るとどうしても、むかっ腹が立つんだ」

喉元を押さえ、一度俯いたナヅルが再び顔を上げたとき、その表情は寒気がするほど虚《うつ》ろだった。ハルヒヤは咄嗟《とっさ》に後ずさり、後ろ手にアヤリの手を探り、その手を摑んだ。

ナヅルは続ける。

「その丸く育った乳房《ちぶさ》も、子をなせる胎《はら》も、綺麗な明るい声も、優しい気遣いも、何もかも、目障《めざわ》りで大嫌いだ。ハルヒヤの隣で子をなして、健《すこ》やかに育てていける、なあ、ハルヒヤ、ハルヒヤはその女と、幸福になるんだろう。愛し合って子をなしていくんだろう」

大嫌いだ。ナヅルが吐き捨てる。

「なあ、ハルヒヤ」

　着物を直しながらナヅルが言った。

「おれはヤヒナを愛してた。ハルヒヤにはわからなかったろうけど、確かに愛してたんだ。ハルヒヤがそこの女を選んだみたいに、おれはヤヒナを選んだんだ、未来が無くても。未来が無くても。そのひと言がひどく寂しげに聞こえた。思わずナヅル、と呼びかけた。ナヅルは僅かに首を傾けるだけだ。

「なあハルヒヤ。この苑《その》は美しくなるよ」

　どこか歌うようにナヅルは語る。

「ハルヒヤや、その女や、いつか生まれてくる二人の子供が、幸せに生きていける。綺麗な空気を吸って育った子は花煙を知ることすらないだろう。そのための苑を苑主が作っている。きっとそれでいいんだ。綺麗で、空っぽな空気では、生きていけないおれたちのほうが悪いんだ。おれたちは、この綺麗な苑で、死にゆくんだ」

　この苑には要らないものだから。

　誰かが幸せに生きていくのには、花煙もおれも、要らないのだから。

　そう語る声は虚ろな表情とは裏腹に、ひどく凪《な》いでいた。

「……何を言ってるんだ」

ハルヒヤは呟いた。心底理解できなかった。

ただ目の前の男が恐ろしかった。

ナヅルが唇の端を歪める。笑みだと気づくのに時間がかかった。

「……おれたちが、捨てられるのが当然の、要らないものだってことだよ。先生もおれもヤヒナも、誰も、日の当たるところで幸せになんかなれないとわかっていた。せめて日陰で息をしたいと望んでも、その日陰すら奪われて綺麗な日向《ひなた》に晒されたら、もう、おれたちに行き場はない。綺麗すぎる空気は、薄くて……できるのは花毒《かどく》を呑んで死ぬことだけだ。……ああでも、ヤヒナには、それさえ叶えてあげられなかった……先生……結局、おれは貴方《あなた》だ。独りきりだ……」

そう言ってナヅルが目を伏せる。

壊れてしまったのだと、思った。ナヅルは壊れてしまった。ハルヒヤはアヤリの手を握りしめて、腹に力を込めた。ひたひたと、壊れたナヅルから伝わってくるのは、底のない悲しみと牙のない怒りと、やわらかな絶望。だが。

「……だからといって」

握り返してくれるアヤリの手が、勇気をくれる。

「ナヅル、お前がいくら悲しいからって、同じ悲しい人に毒をばらまいていいわけはない。

お前が、していることは、人を死に近づける毒を生み広げているんだ。それは、許されない、ことだろう」

ナヅルが目を開ける。ふたつ静かな呼吸の間、ハルヒヤとナヅルは見つめ合った。ハルヒヤはもう、ナヅルの目からどんな感情も読み取れなかった。すべての光を吸い込んでしまったような黒い瞳が、なぜか綺麗だと、それだけ感じていた。

ナヅルがふいに、にこりと笑った。

「……そろそろ帰ったらどうだ、ハルヒヤ」

言って立ち上がり、ナヅルは開けっ放しの障子を手で示した。

ためらったハルヒヤを促《うなが》したのは、アヤリの震えだった。アヤリを、守らねばならない。

アヤリの腰を抱いて支え、ゆっくりと歩く。

桟《さん》を踏み越える直前、ハルヒヤは首だけでナヅルを振り向いた。

「……訊きたい」

「ひとつだけだ」

「どうして、マキヨノに帰ってきたんだ」

ナヅルがこちらへ近づいてくる。薄い笑みを浮かべたまま、ハルヒヤの背をとんと押し、座敷から押しやる。

障子を閉ざす一瞬前に、その唇が動く。迷ったように空を食《は》んでからひと言。

「……復讐《ふくしゅう》」

たん、と障子が閉まる。

それきり障子の向こうは静まりかえり、ハルヒヤはアヤリの柔らかな身体を支えながら、煙り洞を去った。

□

先生のもとに、迎えが遣わされることがあった。

それは月に二度来ることもあれば、季節ひとつ過ぎても来ないこともあった。ただし来るのは必ず日が沈む直前で、それを受けて先生が家を出るのは、月が昇った頃だった。

ナヅルがついていくことを、先生は促しもしなければ止めもしなかった。笠《かさ》を被《かぶ》り、木箱を背負い、薄衣で月影を弾きながら歩く先生の後ろ姿は美しかった。

辿《たど》り着くのは苑城《えんじょう》だ。先生が一枚の紙を見せれば、城門番の兵は何も言わず先生を通した。ナヅルは時々見咎《みとが》められたが、そのたびに先生が話をつけてくれて、いつも中までついていくことができた。

　中に案内され、立派な廊下を歩んで、一番奥の間まで通される。金銀で描かれた鳥と花の襖《ふすま》が何枚も開いて、やっと辿り着いた先に、その男はいる。

　この苑で最も上等な着物を纏う男は、いつも黙ったまま、けれど幸せそうに目を細めて、先生のことを待っていた。先生は静かに頭を下げる。間を空《あ》けて、向き合って座り、先生が花煙を編み始める。

　男が何かを言えば先生は答えた。その声は静かで、優しい。

　花煙を焚《た》き始めると、ナヅルは場を外すよう促される。その絢爛《けんらん》な間を出て、少しなら歩き回ることを許されていた。たまに気まぐれでそこらを見て回ったが、その日は大抵そうするように、廊《ろう》に座って月を見上げていた。

　そしてふと、廊と庭を隔《へだ》てた向こうの部屋の、格子《こうし》を嵌《は》めた窓から、こちらを睨《にら》みつけるようにして覗く目に気がついたのだった。

　燃えるような目だった。じっと見返すと、その目はふいと格子の奥に姿を消した。いなくなってしまったのかと思ったが、ぼうっとしているうちに、足音が近づいてくる。

「汚らわしい」

後ろから棘《とげ》のある声に刺されて、ナヅルが振り向くと、十六、七ほどの歳《とし》に見える少年が立っていた。美しい着物に身を包んだ姿は、背が高いがまだ幼さを残している。

ナヅルは驚いた。何度も会ったことのある少年だったのだ。初めて会ったときの会話を、今でも思い出せる。

――お前、だれだ？　何してるんだ。

――ナヅル。先生をまってる。

――先生？　……ああ、もしかして、あの花煙師。お前、暇じゃないの？

――……すこし。

――やっぱり。じゃあ、来いよ。

そうして手を引かれ、苑城仕えの者の目を盗んで、こっそりと共に時間を過ごした。手遊びだったり、絵札遊びだったりをしてくれた。暇だよな、俺もまだ眠くないのだと、少年は笑っていた。この菓子は内緒だから、俺の夜更かしも内緒だぞ、と。だが一年ほど、その姿を見ていなかった。

久方ぶりに会った少年は、その目が、信じられないほどに棘を含んで顔を歪めている。

「花煙師風情《ふぜい》が。子もできぬまぐわいを」

その言葉の意味を知っていた。だからナヅルは首を傾げた。

「……先生は、花煙草を編みに」

「それだけであるわけがない。夜、母上にも内緒で、忍んで呼ばれて二人きり。……ああ、汚らわしい」

言って、少年が憎々しげに先生がいる方を睨むから、ナヅルもつられてそちらを見た。

襖を隔てて廊に控えているとき、聞こえるのは煙にぼやけた密《ひそ》やかな声と衣擦《きぬず》れだけだ。情を交わしているような音など、聞いたことがない。そう言うと、少年はいっそう顔を歪めた。嫌いで嫌いで堪《たま》らないという顔だった。

「……そんなに花煙草が嫌いだったの？」

「花煙師も、花煙草も大嫌いだ。何よりも父上が大嫌いだ」

少年はそう吐き捨てる。

「もっとこの苑を美しくする手があるだろうに。守るだけで何も変えず、時間が空けば花煙を呑んで何もせず無為《むい》に時間を流す。その時間を、なぜ民や、母上に向けないのか。あんな、害にしかならず、時を無駄にする愚《おろ》かな煙に、うつつを抜かす愚か者」

溜まっていた鬱憤《うっぷん》を一気に吐き出すような勢いだった。誰にも言えない不満を、ナヅルに向けて捨てるつもりのようだった。

「お前の師もそうだ。なんの利にもならぬものを、むしろ害悪たるものを、撒き散らす。

子もなせぬくせに父上の情を得る。……吐き気がする。何もかもが無意味だ。今すぐに絶やしてやりたい」

「無意味なものは存在してはいけないの」

ナヅルの問いに、少年は舌打ちをした。

「何を、当たり前のことを」

少年が立ち去ったあと、するりと襖が開いた。先生が顔だけ出して、ナヅルを手招きする。奥の間に戻れば、先生の着物は乱れた風もなく、男と先生の距離は、最初と全く変わっていない。

こうして、夜が明けないうちに先生とナヅルは苑城を出る。坂を上る頃に東の空が白《しら》む。そうして家に帰り着き、笠を取った先生は微笑んでひと言だけ、こう言うのだ。

「内緒ですよ」

誰にも、ハルヒヤにも。

・・・

秘する逢瀬《おうせ》だったのだと、わかる。煙が満ちた襖の向こうで二人が何をしていたのかは、二人だけの甘い秘密だった。

愛し合っては、いたのだろう。苑主と先生の間に流れる空気は優しかった。だが同時に結ばれるはずもなく、むしろ世間に知れたら醜聞《しゅうぶん》となるような関係であることもまた、確かだった。

ここを出ます、と先生が言ったのは突然だった。先生に手を引かれて、一度だけ理由を尋《たず》ねた。

――わたしはもう、いらないのです。

返った答えはそれだけだった。

何があったのだろう。苑主と先生の関係が苑主の妻に露見したのか。側近の口出しか。苑主の心変わりではないと思う。だって二人の瞳は最後まで、互いを優しく映していた。

いずれにせよ苑主と先生は、裂かれたのだ。

ナヅルは、アヤリが蹴倒した木箱を起こした。幸い後ろ向きに倒されたため、さほど中身が零《こぼ》れてはいない。それを確認したあと、ナヅルは一番下の抽斗《ひきだし》を開ける。すべて引き出して、奥に手を突っ込んだ。

紙片が手に触れる。それを摑んで取り出し、じっと眺めてから、ナヅルは開け放した縁側から外を見た。

色の変わった部分は、けれどだいぶ周囲と馴染《なじ》んでいる。

「ヤヒナ」

土の下の彼女の名前を呼ぶ。

ヤヒナは、彼女の生まれながらの名前ではない。本当の名前を尋ねたが、彼女は首を振ったのだ。

――あなたにヤヒナと呼ばれるなら、それがわたしの名前でいい。

愛していたし、愛されていた。どんな形であっても。

それだけは絶対に、間違いじゃない。

(ああ、でも)

ヤヒナの手を取った大人が、ナヅルだったことは――かわいそうだったかな、と思う。

例えばハルヒヤだったら、ヤヒナにまっとうな道を示すことも、できただろうから。

「ごめんね」

ナヅルはひとつ上の抽斗を開ける。黒塗りの小さな木箱がころりと入っていた。留め具にも縁にも飾りひとつない、ただの箱だ。幼子《おさなご》でも片手で握れるほどの、小さな。

「おれも夢を見ていたのかな。子もなせない、いつまで一緒にいられるかわからない、でも、きみと少しでも長くいたいって。だから、煙り草の毒も、ためらって。……ごめんね。

おれが殺してあげる約束だったのに」

箱を握り軽く振る。二本の花煙草が、中で転がる。

「ようやくできたよ」

言って、微笑む。

月が高く昇って、ヤヒナの上に光を注いだ。

六章

この日、警邏《けいら》番は大忙しだった。

近頃西でやたらと暴力沙汰《ざた》が起きていた。起こす男どもはなんだか酔ったような物言いをするが酒の臭いはなく、代わりにきつい煙の臭いを纏《まと》っていた。その原因を突き止めるべく近衛兵《このえへい》がわざわざ城から下りてきて、人手を集めて西の裏路地を駆け回ったのだ。ハルヒヤも駆り出され、久々の激しい仕事に息を切らしているうちに、少し年上の衛兵が声を上げた。

「なんだこれは」

ハルヒヤたちは裏路地に出ている店の蔵を漁《あさ》っていた。声を上げた衛兵が、ぼろぼろの布袋を抱え上げる。近衛兵を呼びに行く者、布袋に群がる者、様々だったが、ハルヒヤは後者だった。

口を縛っていた紐《ひも》が解かれる。中に入っているものに、ハルヒヤは息を呑《の》んだ。

細く巻かれた紙の筒。花煙草《はなたばこ》のように見える。

すぐに近衛兵が飛んできた。袋の中を見て、一本つまみ上げて試しに火をつける。途端に漂う妙に甘い臭いと、きつく頭を刺すような煙に、皆咄嗟《とっさ》に手で鼻を覆《おお》った。

「なんだ、これは」

その問いに答えられる者はいない。

ハルヒヤはその煙から、花の匂いがしないことに気がついた。甘い臭いは、悪趣味な香油が腐《くさ》ったような粗悪なものだ。そして、煙――煙り草は、どんなに強いそれでも、こんな刺し込むような頭痛はもたらさない。花も煙り草も使わず、見た目だけをそれに似せた紙筒だと、ハルヒヤは判断した。

こんなものは花煙草ではない。もっと禍々《まがまが》しい、まったく別の何かだ。

だが周囲の衛兵はそのことに気づかず、なぜこんな花煙草が、と話し出した。

「他の領苑《りょうえん》から、無許可で持ち込んだのか」

「いや、まだマキヨノにも花煙草は残っている。誰かが作ったということも」

「……ミシギ」

誰かの声にしんと静まりかえる。

「ミシギ？　何だ、名前か？」

「花煙師《かえんし》だ。東に住んでいるらしい」

「知っているのか？」

「……ミシギならこれを作れるんじゃないか」

そう言ったのは衛兵の一人だった。咄嗟にハルヒヤは口を開いた。

「そう決めるのは早計ではありませんか」

ぞろりと、兵たちの目がハルヒヤに集まる。たじろぎそうになったが、ハルヒヤは踏みとどまった。今口を閉じてはいけない。

「……この店の主《あるじ》に尋《たず》ねましょう。ミシギを問い詰めるのはそれからです」

「だがそれでは遅いかもしれない」

ぬ、ともう一人近衛兵が出入り口に現れる。逆光で顔が見えないが、黒い衛兵服を筋肉で盛り上げるほどの大男だ。衛兵服の胸元にある刺繍《ししゅう》は、近衛兵のまとめ役であることを示すものだった。男は布袋を見て目を眇《すが》める。

「苑主《えんしゅ》様に報告するが、すぐにでも、花煙師ミシギを取り押さえることになるだろう。もしもミシギがこのような毒煙を、苑内にはびこらせているのだったら、許されざることだ」

ひとまずここは近衛兵で預かろう。協力に感謝する、持ち場へ戻れ。

そのひと声で、衛兵はゆっくりと散っていく。

だがハルヒヤは動かなかった。この、近衛兵のまとめ役の男。大男。闇《やみ》の中で蠢《うごめ》いていた人影に、よく似ている。

蔵の中で一人残った衛兵に、男は眉を上げた。

「どうした」

「……失礼ですが。あなた、ミシギの離れを襲いましたか？」

男の反応は、早かった。素早くハルヒヤの腕を摑《つか》み蔵の奥へと導く。同輩《どうはい》に場を外せと告げ、そうしてハルヒヤは男と向き合った。

「……お前、あのときあそこにいた奴か」

「はい」

「このことは極秘だ。苑主様の意向あってのつとめだった。決して外には――」

「あの子は死にました」

男の声が止まる。次に吐き出した息は震えていて、男は眉間《みけん》を押さえた。声も、震えている。

「……死なせるつもりはなかった」

「でも死にました。貴方《あなた》はつとめのために、何も知らない、罪人でもない女の子を一人、殺したんだ」

上官への不敬で罰せられてもおかしくない物言いだと自覚はあったが、男は何も言わなかった。よく見れば手も震えている。それを見て、あれは事故だったのだと信じられた。この男も、血も涙もない苑主の手先などではない。家族を守りマキヨノを佳《よ》いものにするために、苑主についていこうと決めた、一人の兵だった。

「……すまない」

「お願いがあります」

つけいるようだとわかっている。だがハルヒヤは言った。

「一日、いや、ひと晩でいい、時間をください」

「……ミシギにか？」

「おれにです」

ハルヒヤは必死だった。

あの紙筒をナヅルの咎《とが》とされ、近衛兵に連れていかれては、もう会えないかもしれない。苑主が重罪と断じ、その場で罰を決めてしまうかもしれない。苑外追放、悪ければ死罪の未来まで頭をよぎった。

「おれに、ミシギと話す時間をください。自分から苑城《えんじょう》へ赴くよう説得します。……ひと晩、今日だけ。お願いします。友なんだ」

男が眉間から手を離す。その指先はまだ震えている。ヤヒナを貫いた感触が、染みついているのかも知れない。その指を擦《す》り合わせて、男はしばらく沈黙した。

やがてぽつりと口を開く。

「……明日、日が昇ったら苑城を出る」

それだけ言って、男はハルヒヤを残して場を去った。

ハルヒヤは大きく息を吐き、同時に膝《ひざ》が抜けて、自分が怯《おび》えていたことに気がついた。てのひらを見つめ、歯を食い縛る。

何に怯えていたのかは明らかだった。

ナヅルを失うことを怖れていた。


ナヅルを救うための、ひと晩のはずだ。

それなのに、ナヅルを失う予感に震えている。頼りない両足を踏みしめて、ハルヒヤは煙《けむ》り洞《うろ》の戸を叩いた。もうすっかり日は暮れて、空気がしんと夜へ変わっていた。着物の衿《えり》や袖《そで》から忍び込む夜気が、冷たく肌を撫《な》でた。

戸は開かない。手をかけると、やはり錠《じょう》は下りておらず素直に開く。ゆっくりと履物《はきもの》を脱ぎ、障子《しょうじ》を滑らせる。

ナヅルは障子を開け放った向こうの縁側に座っていた。何も言わずその隣へ歩み、腰掛ける。そこで初めてナヅルは首を捻《ひね》り、ハルヒヤを見た。唇に挟んでいた花煙草をつまみ、立てた片膝にその手で頬《ほお》杖を突く。

そうして笑った。

「……いらっしゃい。ハルヒヤ」

ハルヒヤは頷《うなず》きで応《こた》えた。

静かだった。ナヅルの指先で、花煙草が燃えていく音さえ耳に届いた。するりと鼻を抜ける甘い匂いがした。随分《ずいぶん》優しいものを吸っているらしい。いや、ハルヒヤが、煙り草の毒に慣れてしまっただけかもしれない。

「……本当に」

ナヅルがぽつりと口を開く。

「本当に、ハルヒヤに会いたくて、帰ってきたんだ」

それが、別れ際の問いの答えだと気づくのに時間がかかった。だってあのとき、ナヅルは。

「……復讐《ふくしゅう》じゃないのか？」

「そう。復讐なんだ。……先生の。いや、おれのかもしれない。でも、それだけじゃ、帰ってこなかった」

　本当だよ、とナヅルは言葉を重ねた。

「親に捨てられた理由がわからないんだ」

　脈絡が無いが、ハルヒヤは黙って続きを待った。

「おれの親は多分、親に向いてなかったんだ。子を持つことに向いていなかった。実はな、おれに布団をかけたあと、二人で手を繋《つな》いで家を出て行くのを、見てた。彼らに、子供は要らない邪魔なものだった……止めても無駄だとわかったから、見送った。でも、寂しくて、空っぽの家を見たくなかった。布団に潜って、夢の中で、手を伸ばして……覚えてないだろう、その手を摑んでくれたの、ハルヒヤだ。いつまで寝てるんだ起きろ、おばさんたちはどうしたって。それからもハルヒヤ、手を繋いでくれたろう。おれが菓子を食べるのを待っていてくれた。一緒に空を見てくれた。先生のところにまで来て、遊んでくれた。……嬉《うれ》しくて……おれが、捨てられた塵《ごみ》ではないと教えてくれた。ハルヒヤが、おれの光だった。マキヨノが閉まったら、おれがおれでいる限りもう絶対に会えない。……会いたかったんだ。大好きだから」

　救われていたよ。その言葉に、ふいに涙が出そうになった。ナヅルの声は穏やかで、先日の虚《うつ》ろな様子も影を潜《ひそ》めている。

「でも先生にも救われたんだ。先生とおれは、よく似ていた。こんなおれでも、先生のようになら、生きていけるのだと思って……先生の手を放すことなんかできなかったんだ。先生になりたくなかったのに、先生の生き方に縋《すが》っていた」

どうして。胸の中で留めたつもりが声で転がり落ちていたらしい。ナヅルが吐息で笑う。

「さあ……どうしてだろう。多分、誰のせいでも、ないんだ」

また沈黙が落ちる。

次に沈黙を破ったのはハルヒヤだった。胡座《あぐら》をかいた膝に肘《ひじ》を突き、両手で顔を覆う。

「……今日西で、妙な花煙草もどきが見つかった。何か知っているか」

「いいや？」

「だよな。……でも皆、お前を疑ってる。ナヅルに罪がかかりかけてる」

ナヅルは、花煙師だ。花の匂いと味を編《あ》み上げ、木箱ひとつにも美しさを求める花煙師が、あんな布袋に押し込めるような粗悪なものを作るはずがない。あれとナヅルは無関係だ。どこぞの悪人の企《くわだ》てか、あるいは——苑主がミシギを陥《おとしい》れるための、罠《わな》か。ハルヒヤにはわからない。だがナヅルは、はめられたかな、と呟《つぶや》いた。それに、ぎこちなく頷く。

「多分、そうだ。……でも、カヤエやミヤワに、毒を売ったのは……事実だ」

「うん。そうだな」

「それは罪だと、おれは思う。……お前はここにいては、いけないと……」

「うん」

「おれには、わからない」

「ああ。……わからないでいてほしい。そういうハルヒヤだからおれは救われたんだと思うし、そんなハルヒヤだから、こんなに苦しいんだ」

「わからない。正直、お前がナヅルなのかももうわからない。……でも、でもな、もう一緒に過ごして、手を引いたりはできないけれど、死んでほしくはないと、そう思う」

「ああ」

「一緒にはいられないが、失いたくはないんだ」

「ありがとう」

「……苑主様がミシギを罪人にしたがっているとしても、自分から苑城に赴いた罪人を死罪にすることはできない」

「明日、苑城へ行く」

その言葉に、ハルヒヤはナヅルを見た。ナヅルはずっとハルヒヤを見ていたらしい。目が吸い合って、見つめ合う。月の光が、ナヅルの頰を滑った。

「……おれは」

「うん」

「……おれはお前の友でいられたか？」

「もちろんだ。……じゅうぶんだ」

ありがとう。

そう言ったナヅルが、懐《ふところ》から何かを取り出した。

「ハルヒヤ」

言われて手渡されたのは、真っ白な小箱だ。辺を青い金《かね》で縁取り、面の四隅《よすみ》に細やかに小鳥が描かれている。今まで見たどんな小箱よりも美しい。そっと振ると、軽やかに中で何かが転がる感触がした。

「……花煙草か」

ナヅルは目を細めた。

「ハルヒヤには、花煙を吸わずに生きてほしいよ。でも……ハルヒヤに持っていてほしいんだ。一本だけ。要らないなら、あとで燃やしてしまって構わないから」

「要らないわけないだろう」

強く声が出た。

「ずっと……持ってる」

「そうか。じゃあ、ずっと持っていて。ハルヒヤが死ぬときに、火をつけてよ」

それではまるで悼《いた》み火《び》だ、とハルヒヤは思った。だが、ナヅルがそれを望むのなら叶えたい。小箱を大切に握り込み、ハルヒヤは頷いた。

「必ずだ」

「ありがとう」

ナヅルは、ひどく満足げに微笑《ほほえ》んだ。

それからナヅルは、吸いかけだった花煙草をゆるりとくゆらせた。ハルヒヤはその隣で、黙して空を見上げ、時折地面へ目をやった。風が吹くと煙がハルヒヤの方へ流れてきて、それをナヅルの方へ返してやろうと手で仰ぐと、ナヅルは子供のように笑って仰ぎ返してきた。

「なあ」

「ん？」

「おれが来るんじゃないかって日は、わざと、錠を開けていたんじゃないか？」

ヤヒナに花煙を吸わせるときも、アヤリを害そうと昂《たか》ぶったときも、毒煙を売るときも。アヤリを拒んでいた離れの錠は、ハルヒヤを拒んだことはなかった。

「本当は、少しは、止めてほしかったんじゃないのか。おれに」

それに、ナヅルは笑んだまま答えない。

眠気がとろりと瞼《まぶた》を押さえ始めた頃、知らぬ間に上体を横たえながら、ハルヒヤは呟いた。

「……おれは、どこまでナヅルを知っていたんだろう」

ほとんど独り言のようなそれにも、ナヅルは相槌《あいづち》を打つ。

「うん？」

「おれはナヅルを、傍《そば》で見ていただけだった。ナヅルの中には、入れなかった」

「だって他人同士だもの」

「おれが知らないナヅルの、苦しみも悲しみも全部知れたら、こうはならなかったかもしれない」

お前は何が苦しかった？

お前は何が悲しかった？

お前は何が、欲しかった？

言葉にならない望みまで、知ることができたら――

「そんなことができたら、花煙に胸を埋めてほしい人なんて、いるわけがないんだ」

夜気に紛《まぎ》れるように囁《ささや》いて微笑むナヅルは、多分今までで一番美しかった。

触れたい、と思った。強く握るのではなく、叩き伏せるのでもなく、歯を立てるのでもなくて。ただやさしく、彼の身に触りたかった。

「ナヅル」

左手を伸ばした。指先が温度を探り当てる。乞うように掻《か》くと、ナヅルの指が応えた。絡めることはせずに、指同士を当てて、肌の熱と僅《わず》かな湿り気を分け合った。

今なら――話してくれないだろうか。今までどうやって暮らしてきたのか。どうやってヤヒナと出逢《であ》ったのか。お前は何が駄目で、何が苦しくて、胸に花煙を求めるのか。

けれど体温を通わせているこの瞬間を、言葉で乱してしまうのは嫌だった。正しい問いかけを探しあぐねるうちに、ハルヒヤは昔を思い出す。手を繋いで二人で走る。半分この菓子。先生の木箱にいたずら。ナヅルがつまみ上げた「花」は、見る間に花弁を取り戻して色とりどりに咲き零《こぼ》れた。花の中で、繋いでいた手が離れる。ナヅルが少し笑う。ハルヒヤは動けない。宙に浮いた花が咲いては枯れてを繰り返し、その中でひと筋煙が流れた。その先にいる先生は、こちらを見て笑っている。先生の目線を遮《さえぎ》るようにナヅルがハルヒヤを覗《のぞ》き込む。花が咲く。枯れる。花弁が降る。顔が寄せられて、空気一枚挟んで頬の温度がわかる。ナヅルの吐息が耳朶《みみたぶ》を撫でる。言葉は――聴こえない。

カタン、と物音がして、ハルヒヤははっと目を開けた。左手に温度はない。一瞬呆《ほう》け、次いで弾かれたように起き上がって駆け出す。裸足《はだし》のままで外へ飛び出た。

夜明けに近づいていく紫の空の下に、歩いてゆくナヅルの後ろ姿があった。木箱を背負い、笠《かさ》から垂らした薄衣で全身を覆い、その薄衣の隙間《すきま》にゆうらりと布が踊る。ナヅルの身には大きいそれが、ハルヒヤの羽織だとわかった。

ナヅル。

喉《のど》は震えて、呼んだはずの名前は掠《かす》れて消えた。

遠ざかるナヅルの背中を、ハルヒヤは見送った。瞬《まばた》きもせず、その姿が木立に紛れ、坂道へ隠れても、しばらくそこに立っていた。

やがて、ハルヒヤはゆっくりと振り返る。

主を失い、空っぽになった煙り洞がある。のろのろと中へ戻り、座敷の真ん中に横になる。手足を伸ばすと、指先にとんと何かが当たった。一本だけ、花煙草が転がっていた。

つまみ上げて咥《くわ》えるが火はない。舌先で吸い口をいじるうち、零れた煙り草が舌の上に落ちてくる。その苦みは確かに舌を刺すのに、この煙り洞はとうに空なのだと、どうも実感が湧かなかった。

……これから、町へ帰る。家で着替えて、つとめへ出かける。終わったら、アヤリに会いに行く。話すだけでもいい、抱き合えたら抱き合って、それから帰って寝る。そして朝を迎える。何も変わらない。母がいて、家族がいて、アヤリがいる。

ナヅルは、いない。

ハルヒヤがそうしたのだ。

「……、っあ」

胸に痛みが突き上げてきて思わず声が漏《も》れた。咥えていた花煙草が落ちる。ハルヒヤは目を見開き、胸の痛みに耐えて息をした。

この痛みは――確かに、喪失《そうしつ》だった。ナヅルはもうハルヒヤの世界のどこにもいない。ハルヒヤは、美しい苑《その》でアヤリと共にある未来を疑っていない。だから、そこに影を差す花煙が恐ろしくて、そうして、ナヅルを切り捨てたのだ。そのことに今更、気づいた。いつか懐《ふところ》にあるたったひとつの花煙草が、ナヅルが唯一ハルヒヤに残したものだった。いつか死ぬ日に灯《とも》す、それは悼み火のようだと思ったが、違う。これに火を灯すときは、悼み火そのものだ。どちらがどちらを悼んでいるのかはわからないけれど。だってハルヒヤは、ナヅルが死ぬ瞬間を知らない。ハルヒヤより先かもしれないし後《あと》かもしれない。十年後か二十年後か。三十年後か、一年後か。

明日か。

いつナヅルが死んだってそれをハルヒヤが知る術《すべ》はない。ハルヒヤがその未来を選んだ。

だったら、そんなの、
死に別れと同じじゃないか。
じくじくと痛みが広がって指先まで満たした。けれどハルヒヤは、その痛みに縋るような気持ちだった。

目覚め始めた町を歩く。雑踏と喧騒《けんそう》がどこか遠い。けれど、

「ハルヒヤ」

アヤリのその声だけは、まっすぐにハルヒヤの耳に届いた。

アヤリが駆け寄ってくる。ハルヒヤが立ち止まったまま動けずにいると、だらりと下げた右手にそっと触れてくれた。

「ハルヒヤ。だいじょうぶ……？」

真心を寄せられていると、はっきりわかる声音《こわね》だった。柔らかくて細い手は温かく、ハルヒヤは微笑んで、それを握り返した。

「うん。おれは、だいじょうぶだ」

未《いま》だ全身に痛みが満ちている。この痛みが消えることなんて永劫《えいごう》ないと思った。いや、消えないでほしい。生きていくうちに甘い傷痕《あと》になって、いつか美しく思い出す――そん

なものにならないでほしい。死ぬまで乾かない傷であり続けて、その痛みで自分を責め続けてほしい。お前がナヅルを失ったのは、お前のせいだと。

喪失の痛みに満ちたこの軀《からだ》で、生きてゆく。

美しい苑は今日も回る。喪《うしな》われた花煙を弔《とむら》うこともせず、青い空と清い水から恵みを受けて、喪ったものを無かったことにして、これからも美しくあり続ける。

□

ハルヒヤが瞼を落としたのを見て、ナヅルはそっと笑った。

寝顔は子供の頃のままだ。最後に見る顔がこの顔でよかったと思う。近頃のハルヒヤは随分と苦しそうな顔をしていた。あの顔は駄目だ。ナヅルはハルヒヤの笑顔が好きなのだ。ハルヒヤを苦しませるものは、消えるべきだろう。

眠りに落ちる瞬間までハルヒヤは、言葉を探そうとしていた。唇が開いては虚《むな》しく閉じるを繰り返すのを見ていた。最後までハルヒヤはナヅルをわかろうとした。

言葉を尽くせばわかり合えると信じる、その傲慢《ごうまん》さが愛《いと》おしかった。

ハルヒヤを起こさずに発ったのは、小さな意趣返しかもしれない。別れの言葉を言わせなかったし、言わなかった。

ハルヒヤに乞われて触れた右手に残る僅かな熱だけを握りしめて、ゆきたかった。


苑主直筆の紙を見せると奥の間へ通される制度は、未だ健在らしい。

「早く無くしたほうがいいんじゃないのか？　苑主様」

罪人と目される花煙師に対しても、それは適用されるようだ。湧いて出てきた近衛兵に取り押さえられかけながら、やたらと体格のいいまとめ役がそれを制止したことで、自分の足でここまで歩いてくることができた。

記憶に違《たが》わぬ立派な廊《ろう》と豪華な襖《ふすま》。幾重《いくえ》にも連なる襖の、その向こうで、ナヅルはあの日の少年と再会した。

その居住まいは、先生と煙の中でたゆたうようだった先代とは真逆だった。豪奢《ごうしゃ》な着物の下の鍛え上げた身体《からだ》と精悍《せいかん》な顔立ちは、鋭い力に満ちている。そうして当代の苑主は、忌々《いまいま》しげに顔を歪めた。

「忘れていた。まだそんなものを後生大事にとっている、女々《めめ》しい花煙師の存在など」

後ろについてきた近衛兵を、手をひと振りすることで払い、苑主は腰を下ろした。

こうして二人は相対した。

一番奥の間で、何重にも重い襖を閉め、さらに廊の雨戸まで閉め切ったとなれば、朝とはいえ明かりは蠟燭《ろうそく》頼みだ。下女がいくつも灯していった蠟燭は、時折風もないのに揺れる。傍《かたわ》らに置いた木箱の影が、一瞬ぐるりと反転する。

ナヅルはゆるりと笑んでみせた。

「ご立派になった」

「お前も、師によく似ている」

苑主も頬杖の下で唇を歪めたようだった。

「……なぜ帰ってきた」

じわりと咎めるような声色《こわいろ》だった。

「お前らのような者を消すために、花煙師を追い出したのに。私はマキヨノの外にいるお前らを害する気まではなかった。私は私の苑の中で、あの害悪の徒花《あだばな》を追い詰め、嬲《なぶ》って、消す。お前は私とは無関係のところで、勝手に生きていればよかったものを……お前が、あの忌々しい名前をそのままひっさげて帰ってくるとは」

これから私が何をするのか知っていたろうに、と苑主は目を伏せた。

「お前の名が耳に届いた日、私がどんなに驚いたか、わからないだろうな。頭が真っ白になって、腹の中がぐちゃぐちゃになって、すべてを引き裂いてやりたくなった」

「やはり花煙草はお嫌いですか？」

「愚問《ぐもん》だな」

苑主が吐き捨てた。

「愚《おろ》か者が勝手に死ぬならまだしも、幼子《おさなご》に対して毒を撒き散らして、この苑の未来を汚すものが、なぜ存在するのか」

「お父上が愛されたものなのに」

「父？　あれこそが最も愚かだった。……花煙草を吸うあの目が大嫌いだった。阿呆《あほう》のように煙ばかりを虚ろな目で追って、母上と民に向けるべき莫大《ばくだい》な時間を失い続けた。民も同じだ。あんなものに食われ、無駄に流れた時を正しく使っていたら、マキヨノはもっと、佳い苑になっていた。外つ国《とつくに》の者も言う、あの煙には、魔が潜《ひそ》んでいると」

「苑主様」

遮り、ナヅルはゆっくりとにじり寄った。膝が触れ合う前に伸び上がり、苑主に顔を寄せる。

「本当はおれたちが嫌いなだけだろう?」

苑主がひくりと眉を動かした。

「大層な理由の根元に、ただ、父の情を奪った憎い花煙師がいるだろう。自分と母から父の愛を奪った、先生が憎いだけだろう。子をなさぬお父上と先生が、まるで子のかわりのように愛した花煙草が憎いだけだろう。……お前は、寂しかっただけだ。今でも」

どん、と肩に衝撃が走った。畳の上に張り倒され、ナヅルは軽く咳《せき》をする。

「ふざけた口を利くなよ、ナヅル」

苑主はナヅルの肩を殴った手を振り、口の端を歪めた。その表情が、憎くて憎くて堪《たま》らないのだと伝えてくる。

「俺が呼べばすぐに近衛兵が来る。お前など、すぐに襤褸《ぼろ》切れのようにして、この苑の外へ捨ててやる。苑と民を脅《おびや》かす、大罪人が」

「……それは、怖い。なあ、最後なんだ、一本だけ、吸わせてくれないか」

「何をふざけたことを」

「頼むよ。……『あにうえ』」

今度は頬を平手で殴られた。予想していたナヅルはさほど首を振られることもなく、苑主を見て微笑む余裕すらあった。

真夜中の苑城で先生を待つ間に、菓子をくれた少年は、一度だけナヅルに頼みごとをしたことがある。

――なあ、兄と呼んでみてくれないか？

少し恥ずかしそうに告げられた、その頼みを聞くと、少年は嬉しそうに笑ったのだ。

この広い城で、もしも俺に弟がいたら、こんな風だったかもしれないな、と。

二人並んで菓子を食べた、もう遠いひと夜のことだ。

苑主は、激昂《げっこう》して見開いた目を眇《すが》め、長く長く息を吸った。それを吐きながら、忌々しげに顔を背けた。

「……ひと吸いだけだ」

「ありがとう」

ナヅルは懐《ふところ》から、黒塗りの小箱を取り出した。中から一本取り出し、立ち上がって蠟燭へ近づく。その途中で事もなげに口を開いた。

「なあ。先生を追い出したのはお前か？」

ゆらり、火影《ほかげ》がゆらめく。

「……遅かれ早かれそうなっていた。俺が進言しなければ、母上がしていただろう。花煙師ごときで、歴史あるマキヨノの苑主一家が乱れたとなれば体裁が悪い。民も守れなくなるかもしれない。俺は、すべきことをしただけだ」

面倒くさそうに苑主が答える。

「お前が使った近衛兵が、女の子を殺したことは、聞いたか」

それには、一度動きを止める気配がした。

「それもすべきことだったのか」

ナヅルは指に挟んだ花煙草を火の先へ近づけ、首を傾けながらそこへ口をつけた。また炎がとろりと動いて、座敷の中を明暗が走り回る。

「……それは、想定していなかった」

低く押し出された声は、けれどそれ以上何も紡《つむ》がなかった。言い訳も謝罪もない。

苑主にとってそれは誤りではあっても、罪ではないのだ。憎い相手に寄り添う、未来のない子一人など。殺してもいいなどとは言わないが、殺してすまないとは思わないのだ。

「……おれたちは」

火を灯した煙草を指に挟み、ナヅルはゆっくりと苑主の前へ戻る。ひたりと、その目を見据えた。

「おれたちは要らないものか？」

それに、苑主はまっすぐな視線で答えた。揺らぎなどひとつも無かった。

「そうだ。人が幸せに暮らす苑には、要らぬものだ」

ナヅルは、笑った。

指先に挟んだ花煙草は、ヤヒナがいなくなってからヤヒナのために編んだものだ。人を死なせるための毒を編み込み、絢爛《けんらん》な花で飾りたてた。けれどもう、ヤヒナにあげることはできない。ならばせめて、と、ひとつ仕込みをした。

花煙草を口元へ持っていく。

先生の声がした。今際《いまわ》の際《きわ》、掠《かす》れた声、それでもなお笑んだ口元。吸い終えることができず、枕元で立ちのぼる花煙。どこを見ているのかもわからない瞳。最期の言葉。

「あいたい」

そう先生は言った。

「あいたい。あいたい。あいたい。……あいに、いきたい」

言いながら、先生はナヅルに向けて目を細めた。きみもだろう、と言われている気がした。

もう一度あのひとにあいたい。

先生の願いがひたりとナヅルを呑み込んで重なるのを感じた。

これから先生は死ぬ。ナヅルは一人になる。親も友もいない。花と煙の中を、独り流れていく。

恐ろしいほどさみしい。……あいたい。

もう一度、ハルヒヤに、あいたい。

先生の今際の声と共にその想いがすり込まれる。先生の思惑通り、だからきっと、それは先生の呪いだった。自分の呪いが根を張ったことを確信して、先生は笑んだ。そして先生は何も言わずにすべてをナヅルへ託して死んだ。願いも呪いも復讐も託して。

ひとかけらだけ、持ち歩いていた先生の骨。

苑主の名前を呼ぶ。忌々しげに目を細めながら苑主は何だと言った。

「さっさと吸え。それで終《しま》いだ」

ナヅルは微笑んだまま、それにくちづけて吸い込んだ。

ぢり、と花煙草の先が紅《くれない》に燃える。

胸いっぱいに吸い込んだ毒を、ふわりと、苑主に向けて吐き出した。

避けきれず顔に浴びた苑主が怒りに目を燃やして立ち上がる。怒鳴りつけようと開いた口は、けれど、戸惑ったように震え始めた。

る。

「……、……？」

苑主が手を持ち上げた、その指先が震えている。目玉が、ぶるぶると小刻みに揺れてい

それを見てナヅルは笑った。

「苑主様。花煙草は、直《じか》に吸うより、人が吐いた煙のほうが毒が強い。……お前は正しいよ。おれたちは、いてはいけないんだ」

自分だけでなく、周囲も引きずり汚してしまう。

それが苑主の耳に届いたかどうかはわからない。苑主は最後の力を振り絞って、蠟燭台へ手を伸ばした。重いそれを巻き込んで、倒れる。

重い音と、畳が燃え始める音を聞きつけ、控えていた近衛兵がどっとなだれ込んできたのを感じた。

ナヅルもただでは済んでいない。気づけば倒れ伏して立ち上がることはできず、霞《かす》んだ目とぼやけた耳で、周囲を幾重もの紗《しゃ》越しに感じ取っていた。

……苑主様……何事……この煙……生きて……医者を……死んだか……なんてことを

……こいつ……捨て置け……勝手に死ぬ……それより……苑主様……

ああ、これで果たされた、と、ナヅルは目を細めた。

毒煙は近衛兵たちに踏み散らされ溶けた。その毒煙に溶けているのは、花と、先生。先生はここに帰ってきて、喜んでいるだろうか。今頃先代と会えているだろうか。先生の一部は、確かにここに帰ったのだ。こんなかたちを望んでいたかは、知らないけれど。

復讐だと、ハルヒヤに言ったのを思い出す。そう、これは復讐だった。愛する人と引き裂かれた先生の、追われた自分たちの。そしてヤヒナを奪われたナヅルの、復讐だった。望まれぬ場に帰ってくること。美しい水の中に、墨《すみ》の一滴を垂らしてやること。花煙を忘れさせてなんか、やらない。……復讐と呼ぶにはあまりに滑稽《こっけい》で、惨《みじ》めだ。

花煙を許さぬ苑へ。

ナヅルたちを要らぬと断じる、綺麗《きれい》な空で生きていく人々へ。

お前はここにいてはいけない。

ハルヒヤの声が蘇《よみがえ》る。

そうだな、と肯定する。

でも、なんか、ひどく満足しているんだ。

するりと闇が忍び寄る。引きずり込む手に抗《あらが》わず、ナヅルは脱力する。あとはもう、底へ辿《たど》り着くのを待つだけだ。

先生もこんな気分だったのだろうか。

ナヅルは目を閉じる。ここで終わるのだ。落ちてゆく闇の中に、花の匂いがする。

終章

男は、今日も川を下る。

ぎぃぎぃと妙に軋《きし》む櫂《かい》、平たい舟、黒い笠《かさ》も装束も、すべて父から受け継いだものだ。

これが我らの役目なのだと、表情のない父はよく男に言い聞かせた。

川辺に置かれた死体を集め荒れ地へ運ぶ。葬《ほうむ》る人もいない彼らを、我らが弔《とむら》ってやるのだ。我ら以外の誰にもできない。

考えることをやめたような口調で、父はそう繰り返した。

忌《い》まれ仕事で、川を下っては眉をひそめられ指さされる。月に一度、担当の衛兵が銭《ぜに》の入った袋を置きに来て、ほんの僅《わず》かなそれで山の中にひっそりと暮らす。今となっては川辺に死体もない。ただ忌まれるだけの仕事だった。最近は特にそうだ。苑主《えんしゅ》が変わって、マキヨノは美しく整えられてきた。その中でこの黒い姿は、よほど異質であろう。いずれこの仕事はなくなるかもしれない。

──ふざけるな。

表情を変えることも声に出すこともないが、男は、そう思う。

ふざけるな。ふざけるな。ふざけるな。

綺麗《きれい》なものばかりを残して、この苑《その》は俺たちを忘れ去る。忌まれ仕事をずっと俺たちに押しつけておいて、自分たちは綺麗な町で暮らしている。

ふざけるな。

黒い薄衣の下、無言で怒りを吐きながら、傍目《はため》には淡々《たんたん》と、男はゆるやかに川を下っていく。

一定の拍で櫂を動かしていたが、男はふと視界の端に影を見つけて手を止めた。

それは、人だった。

どきりと胸が跳ねた。死んでいるのか。死体がこう置かれているのは久方ぶりだ。舟を止めて降りると、男はゆっくりとその人に近寄り、見下ろした。汚れた着物と羽織だけを身につけ、荷物は何も落ちていない。

男は、ここが苑城へ引く水路と川の合流地点だと気がついた。染みついてしまった父の教えが蘇《よみがえ》る。周囲に家もなく路《みち》もないこの辺りは、捕らえられた罪人の骸《むくろ》置き場だったはずだ。男はまだ罪人を拾ったことはなかった。

……この男が罪人？

男は罪人を見下ろした。色の薄い柔らかそうな髪と、長い睫毛《まつげ》。白い頰《ほお》は土で汚れていたが、死人とは思えない顔色だった。男は膝《ひざ》を突いて、その細い手首を握った。

皮膚《ひふ》は冷たいが、張りは失われていない。やはり生きているのだ。指先の感覚に集中して辛抱強く待つと、あまりにも弱いが、脈打っているのを感じることができた。

「おい」

男は罪人に声をかけ、軽く肩を叩いた。死人が生きていた場合なんて、父からは教わっていない。取り敢えず、罪人に意識があるかを確かめた。

「おい、わかるか」

罪人の睫毛が震えた。薄く開かれた瞼《まぶた》の下の、瞳は真っ黒で、一瞬目が見えないのかと思った。だが罪人の目はさまよい、男の顔の上で止まったから、ひとまずほっと息を吐く。

「お前、どうして……」

問おうとして、男は声を呑《の》んだ。

罪人が目を細めた。

風すら時間を止めたような一瞬の空白の中で、笑ったように、見えた。けれどその顔は泣いているのだと、わかった。

途端、すべてが溢《あふ》れ出したような気がした。

気づけば男は罪人を舟に乗せ、黒い笠を放り出し、一心に舟を漕《こ》いでいた。

こんなところに、いてたまるか。逃げるのだ。この苑が俺たちを望まないなら、忌まれるだけなら、すべてを捨てるのだ。男にはもう家族も友もいなかった。父から受け継いだ仕事は鎖でしかなかった。守るものもあいたい人もいない。もうすべて、捨てていける。

川がマキヨノを抜けるところには、川番の衛兵が立っているはずだった。だが今日は無人だ。そういえば町も妙にざわついていた気がする。何かあったのかもしれないが、知ったことか。

どこまで逃げるのかもわからない。ただ、ここではないどこかへ往《ゆ》くのだ。

無心で漕ぎ続ける。やがて川は荒れ地へ流れ込む。男が進むのは、いつもはここまでだった。この先のことを男は知らない。隣の領苑《りょうえん》がどれくらい離れているのか、この先は谷なのか崖《がけ》なのか、何も知らない。けれど止まろうとは思わなかった。何かに突き動かされていた。

とん、と足下に軽く触れられ、男は見下ろす。

覚醒《かくせい》しているのかそうでないのか、わからないままでだらりと横たわっていた罪人が、少しだけはっきりと目を開いていた。罪人は男の足に触れた手で、己《おのれ》の着物の裾《すそ》をゆるりとたくしあげた。まろみのない男の脚《あし》は白い。なぜか目をそらしかけたが、その脚のつけ根に、何か紙が括《くく》られていることに気がついた。

手を伸ばして紙を取る。開くと、何か文字が書かれていることがわかるが、男は文字が読めなかった。

「なんて書いてある」

問うが、罪人は話す力がまだ無いのか、口を開かない。ただ、川が流れゆく方――南の方角に目をやった。

「あちらへ進めばいいんだな」

男は紙を懐《ふところ》へ突っ込み、櫂を摑《つか》んだ。

長い旅になった。川の水を飲み、川辺に生《な》っている実を食い、罪人には搾《しぼ》ったそれを口元につけてやった。木に括ってとめただけの、揺れる舟の上で夜を越した。寒いかと思ったが、罪人は羽織を胸元で抱きしめるようにして、静かに眠った。小さな村をいくつかと、手つかずの広大な土地と、四つの領苑《りようえん》を越えた。不思議なことに、険しい顔で二人の舟を止めた人々は、例の紙を見せると驚いたように瞬《まばた》きをして、それなら、と通してくれるのだ。もう少しだ、と、食べ物を分け与えさえしてくれた。

そしてとうとう辿《たど》り着く。

やたら幅が広くなった川と、潮っぽい風。空気の熱がマキヨノよりも遥《はる》かに高い。

外からも見えるほど大きな苑城《えんじょう》を中心に据えた、大領苑が、目の前に現れた。

苑内へ繋《つな》がる水路で衛兵に紙を見せると、やはりすんなり通される。それどころか、途中で苑城へ繋がる水路へと導かれた。城から出てきた衛兵に導かれ、男は腰を抱くようにして罪人を支えながら、おっかなびっくりで絢爛《けんらん》な廊《ろう》を歩く。壁を飾る花も足下に敷き詰められた柔らかなものも、何もかもが、初めて見るものだった。

湯を絞った布を差し出され、身を拭《ぬぐ》う。罪人はくったりと椅子《いす》に凭《もた》れたまま、ぼんやりと動かなかったから、男が拭ってやった。雑にではあるが清めた身体《からだ》で、ひと際立派な間へ通された。

そこにいる、鬚《ひげ》を生やした朗《ほが》らかな笑顔の男がここの苑主だと、男にもさすがにわかった。

「ミシギ！」

苑主が両手を広げ、未《いま》だ半覚醒状態の罪人へと近づく。艶《つや》がある赤い絹を金糸でかがった、ひと目で上等だとわかる着物が、しゅるしゅると美しい音を立てる。

「ミシギ、来てくれたのか。きみの花煙草《はなたばこ》をまた吸いたかったんだ。マキヨノへ入ったらしいと風の噂《うわさ》に聞いて、もう二度と会えないのではとひやひやしたよ。きみほどの花煙師《かえんし》がひとところに留まるなんて、あってはならない」

罪人は、ほのかに微笑《ほほえ》むだけだった。未だ身体に芯《しん》が通らず、男に支えられたままだ。時折かくりと膝が抜ける。

「……ミシギ？　どうしたんだ」

苑主は気遣わしげにそう言い、ちらりと男のほうを見た。視線を受けて、男は咄嗟《とっさ》に口を開いた。

「長旅で、病《や》んでいる。俺は先日、この人に拾われた。……もう旅はできないかもしれない。暮らせる家と、食べ物が、欲しい」

そう言うと、苑主は笑みを消した。表情が一瞬で変わることに、男はぞわりとした。

苑主は側近を指で呼ぶ。いくつかの言葉を低く交わしたあとで、苑主は再び二人に笑顔を向けたが――その笑みが作り物なのだと、わかった今では空々しい。

「よし、空き家《や》を手配しよう。当面の食べ物も約束しよう。……だから、回復したときには、また花煙草を編《あ》んでくれるな？　私と、それから、この苑のために」

その言葉に、男は嫌な感じを覚えた。まるで暮らしを保証するかわりに、お前の花煙草を捧げろと言っているようだ。

罪人は、遠いものを見つめるように瞬きをした。それから震える息を吸い込んで、頷《うなず》いた。

苑主の前を辞したあと、衛兵に導かれ歩きながら、男は考える。最初、苑主はこの罪人本人を歓迎しているように見えた。けれど違ったのだ。罪人が編む花煙草と、それが己と苑にもたらす潤《うるお》い。苑主が求めているのは、それだけだった。

本当によかったのかと言いかけた。だが、それ以外に道はなかったのだから、その問いは無意味だと、男は寸前で言葉をすり替えた。

「お前、名はミシギというのか」

引きずられる様にして歩きながら、罪人は首を振った。

「……違うのか？　では、名は？」

それにも首を振った罪人は、喉《のど》を摑んで首を振った。口を開けばひゅ、ひゅ、と音がする。声が出ないのだ。

ならば書けと言おうとして、やめた。罪人が微笑んだからだ。わかったのだ。

男がマキヨノに、何もかもを捨ててきたように。罪人もきっと、色々なものをあの苑で、捨ててきた。

それからすぐに、男と罪人に家がひとつ与えられた。木立に囲まれた静かな場所だが、坂道を下ればすぐに賑《にぎ》やかな町がある。鳥と猫が多く、耳を澄《す》ますと常に、人か、鳥か、猫の声がした。

罪人はしばらく、とろとろと眠りと目覚めを繰り返す生活を送った。毒か何かを呑んだのだと、苑主が寄越した医者は言った。喉を潰し、これほど尾を引く毒で、生きていることがむしろ不思議だと思ったが、この罪人は花煙師だ。男は花煙草をよく知らないが、毒には慣れていたのだろう。医者が出した毒消しを毎日飲んでいる。そうして半月ほど経《た》って、少しだが、身を起こすこともできるようになった。

マキヨノを出て、あまりの違いに目が回る。男はもう忌まれる舟人《ふなびと》ではなかった。稼ぐために力仕事に雇ってもらったが、あまりにも、自分が普通の人間であることに驚いた。

櫂の音を響かせながら、横目で呪い続けた町の人々。決してああはなれないと思い、だから羨《うらや》み妬《ねた》み呪っていたはずなのに、今自分は、町で暮らす一人の男になっている。

捨ててしまえばよかったのだ。

それができたのは、罪人のおかげだった。あの日罪人に出逢《であ》わなければ、きっとまだ、ありもしない死体のために舟を漕いでいた。

けれど――と、男は肩に担《かつ》いだ木材を一度下ろし、汗を拭って周囲を見回した。マキヨノよりも強い日差しで町並みが眩《まぶ》しい。この明るい町にも、奥へ進めば暗がりがある。この苑にも、死を扱う仕事は必要だ。忌まれる者はきっといる。
どこにだって、弾かれる人はいる。多くの人が幸せに暮らす陰で、そうはなれない人がいる。生きるに生きられず、死ぬに死にきれず、呼吸をしている人がいる。

ある日の夜明け、深夜の仕事を終え一度帰ってきた男は、布団がもぬけの殻《から》であることに気がついた。

「おい、先生？」

男は声をかけながら、先生を探した。

男は共に暮らす花煙師を、先生と呼ぶことにした。本当の名を知らないし、苑主が望むくらいの花煙師なのだから、きっととても偉い人なのだろう。先生、という呼び方はしっくりきた。

「先生」

しんと冷たい空気が男の声を吸う。男は薄暗い家の中を見て回り、座敷にも土間にもいないとわかって家の裏へ回った。最近は身を起こすこともあるが、あの身体で遠くへ行けるわけがない。

やはり、先生は裏庭にいた。灌木《かんぼく》と縁側の間に、肩に羽織をかけただけの格好で座り込んだその姿に、何しているんだと声をかけようとして、男は足を止めた。

先生の指先から煙が上る。ほんのりと紫に色づくそれは、糸を引いて朝ぼらけの天へと伸びる。

先生の前には、血まみれの鳥がいた。猫にやられたのか、羽が散り肉が見えて、もう助からない。即死でないことが不思議だった。肉がまだ震えている。

先生はそっと、花煙草にくちづけた。ひとつ息を吸って胸を膨らませたあと、そっと、鳥へ顔を近づける。

ふう、とその唇から煙が生まれた。

煙の筋が鳥を撫《な》でる。解けた煙が鳥を包む。

鳥の震えが、止まったように見えた。

近づくと花の匂いがした。鳥は目を瞑《つむ》り、もう動かない。甘い花の匂いに、酔って、鳥は最後の一瞬でも、痛みのことを忘れただろうか。花の夢を、見ただろうか。

「……先生」

男は、震える声で呼んだ。

「先生。先生」

男は先生の正面に膝を突いた。先生はぼんやりとした瞳で男を見る。その瞳が滲《にじ》んで見えて、男は自分が泣いていることを知る。

「先生」

死にきれぬ者に死を。

生きぎれぬ者にせめてもの安らぎを。

生きる痛みにひとときの夢を。

その指先が紡《つむ》ぐ煙は、きっと、そういうものだ。

「先生。俺たちみたいなのには、あなたが、必要だ」

先生の前にひざまずき、押し出すようにそれだけ、男は呟《つぶや》いて、あとはもう涙に潰れて声が出ない。

先生が、ゆっくりと息を呑む音がした。なんとか目を上げて、先生の顔を見る。ぼやけた先生の顔が、その唇が動く。誰かの名前を呼んだのだとわかる。けれどその名前を知る術《すべ》を男は持たない。

先生がゆっくりと空を仰ぐ。白い頬を、ひとすじ、光が滑った。

やわらかに明けゆく夜の隅《すみ》で、二人で声もなく泣いた。鳥の骸《むくろ》の上にぽとりと落ちた花煙草から、花煙《かえん》が天へ昇り続けていた。

※この作品はフィクションです。実在の人物・団体・事件などにはいっさい関係ありません。

集英社オレンジ文庫をお買い上げいただき、ありがとうございます。
ご意見・ご感想をお待ちしております。

● あて先
〒101-8050　東京都千代田区一ツ橋2-5-10
集英社オレンジ文庫編集部 気付
乃村波緒先生

ナヅルとハルヒヤ

花は煙る、鳥は鳴かない

集英社
オレンジ文庫

2019年1月23日　第1刷発行

著　者　乃村波緒
発行者　北畠輝幸
発行所　株式会社集英社
〒101-8050東京都千代田区一ツ橋2-5-10
電話【編集部】03-3230-6352
【読者係】03-3230-6080
【販売部】03-3230-6393（書店専用）
印刷所　株式会社美松堂／中央精版印刷株式会社

※定価はカバーに表示してあります

ISBN 978-4-08-680233-8 C0193